Nous remercions le ministère du Patrimoine canadien,
la SODEC et le Conseil des Arts du Canada
de l'aide accordée à notre programme de publication

 Patrimoine   Canadian
canadien   Heritage

ainsi que le Gouvernement du Québec
– Programme de crédit d'impôt
pour l'édition de livres
– Gestion SODEC.

Illustration de la couverture :
Steve Beshwaty

Édition électronique :
Infographie DN

Dépôt légal : 3e trimestre 2001
Bibliothèque nationale du Canada
Bibliothèque nationale du Québec

123456789 AGMV 054321

Petites malices
et
grosses bêtises

**COLLECTIFS DE L'AEQJ
AUX ÉDITIONS PIERRE TISSEYRE**

Collection Conquêtes
Entre voisins..., nouvelles, 1997.
Peurs sauvages, nouvelles, 1998.

Collection Papillon
Les contes du calendrier, contes, 1999.

Collection Chacal
Futurs sur mesure, nouvelles, 2000.

Données de catalogage avant publication (Canada)

Vedette principale au titre :

    Petites malices et grosses bêtises

    (Collection Conquêtes ; 87)

    Pour les jeunes de 12 ans et plus.

    ISBN 2-89051-804-3

    1. Histoires pour les enfants canadiennes-
françaises I. Collectif de l'AEQJ. II. Collection :
Collection Conquêtes ; 87.

PS8329.5.Q4P475 2001   jC843'.010806   C2001-940825-0
PS9329.5.Q4P475 2001
PZ21.P47 2001

Petites malices
et
grosses bêtises

collectif de nouvelles

**ÉDITIONS
PIERRE TISSEYRE**

5757, rue Cypihot, Saint-Laurent (Québec) H4S 1R3
Téléphone: (514) 334-2690 – Télécopieur: (514) 334-8395
Courriel: ed.tisseyre@erpi.com

AVANT-PROPOS

Chaque année, plusieurs auteurs de l'Association des écrivains québécois pour la jeunesse (AEQJ) collaborent gracieusement à l'écriture d'un recueil collectif de nouvelles à l'intention des jeunes. Les droits perçus par la vente de ces ouvrages financent le prix Cécile Gagnon, attribué par l'AEQJ à un(e) auteur(e) de la relève.

Ce cinquième recueil, qui a pour thème *les mauvais coups*, a suscité un engouement formidable. Et le résultat, intéressant et varié, présente aussi bien des bouffonneries désopilantes où les fripons posent en héros glorieux, que des moments angoissants où des jeunes s'inquiètent des conséquences de leurs méfaits.

Entre les lignes, quelques auteurs dévoilent aussi des pans du passé, si bien que certaines histoires brossent de sympathiques tableaux d'époque...

Drame, fanfaronnade ou fait authentique, chaque nouvelle est un petit bijou en soi qu'on voudra lire et relire...

Marie-Andrée Clermont
Responsable du recueil

MOLIÈRE ET LES ÉPINGLES À LINGE

de
Francine Allard

Francine Allard a écrit plus de vingt-cinq romans pour adultes et pour les jeunes de tous âges. Elle écrit aussi des chansons et des pièces de théâtre. Des poèmes et des textes d'opinion. Et des milliers de souvenirs.

«J'aime raconter les souvenirs de mon enfance heureuse, nous dit-elle. Même mes *fourberies* me rappellent qu'elles font aussi partie de l'adulte que je suis devenue. Les pièces de théâtre que mes amis et moi présentons aux enfants de la ruelle m'ont menée tout droit vers la musique, les arts visuels et l'écriture. Un besoin inaliénable de me raconter.

«Le théâtre permet de dire les petites choses en les grossissant. Pour les comédiens adolescents que nous étions, le théâtre fut une façon de passer les moments plus difficiles en devenant d'autres personnages. Un bout de tissu, quelques vieux meubles, et place à l'imaginaire ! Essayez ça pour voir.

«Je vous présente *Molière et les épingles à linge*. Une histoire de théâtre mise en scène par la vie elle-même.»

Mon enfance se déroula à Verdun, une ville autrefois paisible, coincée entre le fleuve Saint-Laurent et l'aqueduc du boulevard Champlain. Enfants, nos jeux et nos rires éclataient dans les ruelles, qui séparaient les longues rangées de maisons toutes agglomérées les unes contre les autres. Tranquilles, les ruelles ? Vous auriez dû nous voir les habiter comme des châteaux forts, entourés des petites voix de nos mères qui, du haut de leur balcon, jacassaient avec les voisines de tout et de rien. Leurs conversations constituaient un murmure omniprésent qui nous servait de trame sonore dès que nous entreprenions nos jeux les plus divers.

J'étais une enfant pleine d'imagination. Curieuse et inventive. J'en eus bientôt assez des longues séances de coloriage et des batailles fomentées contre les petits Anglais. J'en avais marre du saut à la corde et de la cachette dans les buissons de la rue Brown. Il fallait que je fasse quelque chose de mes journées d'été.

Ma mère était différente des autres femmes de mon entourage. Elle lisait de gros livres en français et en anglais, et suivait des cours en histoire de l'art. Aussi était-elle amie avec l'épouse d'un juge, et cette Mme Lessard avait autrefois été comédienne. Une vraie comédienne de théâtre dont je pouvais admirer sur le mur des photos d'elle-même en train de jouer un rôle dans une vraie pièce. Elle portait, sur ces photos, un costume de mousseline blanche avec une coiffure gigantesque, et son front était cerclé d'un bandeau doré. Ses pieds reposaient dans des sandales fines dont les lanières de cuir zébraient ses jambes de déesse.

— Ici, je jouais le rôle de Clarice dans *La Veuve* de Corneille! disait Mme Lessard en se pavanant comme avait dû le faire son personnage.

— Et là? demandais-je en posant le doigt sur une photo encore plus vieille.

— Ha, ha! J'étais Jocaste, la mère d'Œdipe! «Je suis reine, Seigneur, mais je suis mère aussi. Aux miens, comme à l'État, je dois quelque souci!» déclamait-elle en rigolant. Ah! ce merveilleux Corneille. Ancien et si jeune à la fois!

C'était la première fois que j'entendais parler de «corneilles», autrement que par mon père qui, réveillé par leur croassement, savait que le printemps était arrivé.

Un jour, Mme Lessard nous invita au théâtre, ma mère et moi. Pour la première fois, j'allais assister à une véritable pièce dans une salle de Montréal : le Théâtre du Rideau Vert, ainsi baptisé parce que, lorsque la pièce commençait, il y avait un rideau de velours vert qui se levait avec déférence pour laisser apparaître un décor somptueux.

Ce jour-là, on y présentait *Les Four-beries de Scapin* de Molière. Jamais je n'ai été aussi comblée par un spectacle. Mme Lessard plissait ses petits yeux étroits en hochant la tête parce qu'elle connaissait le texte par cœur. Elle chuchotait en même temps que la comédienne sur scène : « ... j'ai une démangeaison naturelle à faire part des contes que je sais... », et elle riait en se tenant le ventre. Je riais quand elle riait et je fronçais les sourcils lorsqu'elle devenait triste.

Mon cœur était tout excité : je venais de découvrir le Monde.

Puis, après la pièce, ma mère et Mme Lessard m'emmenèrent à La Crêpe bretonne, où je me régalai d'une grande crêpe aux pralines et à la crème glacée. Comme trois petites filles, nous nous amusions à nous rappeler les scènes de la pièce de monsieur Molière en riant parfois aux éclats. Inoubliables moments de ma jeunesse !

Le lendemain, je convoquai mes amis Suzie, Marjo, René et Johanne sur les marches de la tourelle. Cette construction de bois abritait l'escalier arrière de notre maison qui menait au logement du deuxième étage. C'était notre lieu de rencontre préféré. Pas un adulte pour nous espionner. Pas un petit frère pour aller tout répéter à notre mère. La tourelle était notre refuge. Mes amis ne se firent donc pas prier, et nous nous retrouvâmes tous les cinq.

J'allais réinventer les jeux de nos vacances d'été.

— Nous allons faire du théâtre, leur annonçai-je solennellement.

— C'est quoi ? demanda René.

— Nous allons jouer une pièce de théâtre. T'es donc bien ignorant, René Roy ! s'écria Suzie.

— Quelle pièce de *thiâtre* ?

— Une pièce de Molière, c't'affaire ! lançai-je avec la conviction d'une Yvette Brind'Amour*.

---

* Yvette Brind'Amour : comédienne montréalaise et cofondatrice du Théâtre du Rideau Vert, en 1948.

Mes amis me fixaient comme s'ils avaient aperçu un fantôme. J'avais du travail à faire! D'abord leur expliquer ce qu'étaient une pièce de théâtre, une scène, des décors, et, surtout, leur dire qu'il ne fallait pas parler dans la langue de tous les jours. Je me rendis à la bibliothèque municipale afin de me procurer le texte du *Malade imaginaire,* du désormais célèbre Jean-Baptiste Poquelin, dit Molière. Il fallut d'abord distribuer les rôles. Argan, le malade imaginaire, allait être joué par René, et sa fille Angélique, par Johanne. J'allais interpréter le merveilleux rôle de Toinette, et mes deux amies, Suzie et Marjo, ceux de Béline et de M. Diafoirus. J'allais, bien sûr, être le metteur en scène et assurer la refonte du texte de Molière, puisqu'il nous manquait sept comédiens. René Roy nous proposa son frère Bruno et son ami Ti-Coune Aubertin, mais je refusai catégoriquement d'intégrer ces deux pâtes molles dans notre spectacle!

Pendant toute la semaine qui suivit, je fis faire à «mes» comédiens des exercices de prononciation et de projection de la voix, tels que je les trouvai expliqués dans un livre emprunté à Mme Lessard. Puis, comme nous n'avions qu'un texte de la pièce pour toute la troupe, chacun dut recopier son rôle dans un cahier brouillon, en tenant compte des nombreuses coupures que j'avais effectuées, évidemment.

Puis il fallut bien un jour parler des spectateurs! Une fois le décor installé, la pièce allait être donnée sur la galerie arrière de ma maison. Comme le père de Johanne était laitier, nous pûmes emprunter une douzaine de caisses de bois servant à transporter le lait, pour y poser les fesses de nos spectateurs. Jusque-là, tout baignait dans l'huile.

— Ils vont payer, nos spectateurs? demanda René avec un accent, ma foi, très français de France.

— C'est vrai, ça, Francine. On ne joue pas du théâtre sans faire payer les gens!

— Je vais y réfléchir! déclarai-je.

En 1965, les enfants ne recevaient pas de salaire pour faire la vaisselle ni pour garder leur chambre propre. En 1965, les enfants n'étaient pas riches. Et les parents n'auraient pas donné une *cenne* pour que leurs enfants assistent à une «séance dans la cour des-z-Allard, certain!»

Je fis le tour de la ruelle plusieurs fois, cherchant un moyen de faire payer les enfants sans qu'il fût question d'argent.

C'était jour de lavage. Vous ne me croirez pas, mais, quand j'étais jeune, toutes les femmes faisaient leur lavage le même jour et, tous les lundis, elles étendaient les vêtements sur la corde à linge. La ruelle exhalait alors le savon à lessive et l'eau de Javel, et les conversations allaient bon train d'une galerie à l'autre. On y réglait les frasques des maris, les varicelles des enfants et les mauvais bulletins à l'école. On y pleurait, on y riait. Les voisines ne s'ennuyaient guère à cette époque. Elles jouaient de l'épingle à linge avec adresse, mais nous étions tous aux aguets pour récupérer celles qui tombaient en bas de la galerie. Cela pouvait nous mériter une limonade ou des bonbons à une *cenne* quand nous les rapportions.

Toutes mes pensées dirigées vers la trésorerie du *Malade imaginaire,* j'entendis un cri de ménagère en furie. Mme Laporte venait d'échapper tout son panier d'épingles à linge en bas du balcon. Je vis alors accourir quatre de mes compagnons de ruelle. Ils enjambèrent la clôture de bois et, dans un effroyable vacarme, ils s'arrachèrent les épingles à linge, chacun voulant être le premier à les remettre à la voisine éplorée. Bruno Roy par-dessus François Déziel ! Suzanne Richard mordant le bras de Ti-Coune Aubertin et Richard Meunier cachant les précieux objets sous son chandail et se sauvant à toutes jambes ! On eût dit la découverte du trésor de Barbe-Rousse ! J'eus alors l'idée du siècle. Les spectateurs allaient payer leur entrée avec des épingles à linge ! Cela me parut une solution incontournable. Je sortis mon petit cahier noir et j'inscrivis :

Un enfant : trois épingles à linge
Deux enfants de la même famille :
     cinq épingles à linge
Plus de deux enfants de la même
     famille : sept épingles à linge.

Ma trouvaille fit rapidement le tour de la troupe. On salua mon génie.

Tous les matins, dans ma cour, drapés de longues pièces d'organdi, qui étaient en fait de vieux rideaux empruntés à ma mère, Argan et Toinette entamaient la deuxième scène du *Malade imaginaire*, la première ayant été retranchée par mes soins. René et moi, nous aimions l'audace de Molière et son vocabulaire irrévérencieux :

ARGAN : — *Ah, chienne ! Ah, carogne !*

TOINETTE : — *Diantre soit fait de votre impatience ! Vous pressez si fort les personnes, que je me suis donné un grand coup de la tête contre la carne d'un volet !*

ARGAN : — *Ah, traîtresse !*

TOINETTE : — *HA !*

ARGAN : — *Tais-toi donc, coquine, que je te querelle !*

Puis le monsieur qui s'imaginait très malade parlait de lavements, de bruits intestinaux et de toutes ces autres expresions qui font tant rire les enfants, mais que je dus retrancher pour ne pas faire choquer les parents. Je sautai ainsi plusieurs scènes sans trop nuire à la création de monsieur Molière.

La première représentation de la pièce eut lieu le 4 août. Ti-Coune Aubertin et son acolyte, Bruno Roy, étaient les premiers appuyés contre la porte de la clôture, le visage encore plus détestable qu'à l'habitude. Je savais qu'ils allaient bien se moquer de nous, mais ils tenaient leurs trois épingles à linge en guise de billets d'entrée et nous devions les accepter, même si notre orgueil de comédiens devait en prendre pour son rhume !

Bientôt, notre cour arrière s'anima. Les douze caisses de bois furent assaillies par des foufounes d'enfants prêts pour les trois coups annonciateurs de la pièce. Marjo ramassa les épingles à linge et les plaça dans un grand sac de toile brune qu'elle engouffra dans la tourelle. Quand tous les comédiens furent prêts, je pris le balai de ma mère et je flanquai à la galerie les trois coups qui allaient imposer le silence à nos spectateurs.

Le rideau (de douche) s'ouvrit et Argan apparut sur une chaise (de cuisine), avec l'air aussi malade qu'on puisse avoir quand on se pense très malade. Il hésita, se racla la gorge puis récita enfin la première phrase de la pièce. Métamorphosée en Toinette, j'entrai alors en me frottant la tête, le fait étant que je me l'étais vraiment frappée contre le poteau de la galerie! Les spectateurs se mirent à rire avec entrain. Ma peur s'évanouit et je me sentis alors plus sûre de moi. Puis entra Angélique, venant confier à Toinette son amour pour Cléante (dont j'avais dû couper les scènes, par manque d'un comédien pour jouer l'amoureux d'Angélique!). *Le Malade imaginaire*, revu et corrigé par moi-même, dura une heure. Une heure de pur bonheur, ponctuée par les cris des mères qui appelaient leurs enfants dans la ruelle ou le bruit des camions de la voirie qui y passaient par affaires. Une heure d'extase pour les comédiens que nous étions devenus, transportés par la joie de rendre les autres heureux. Chaque rire, chaque applaudissement provenant de «la salle» nous ravissaient. René oubliait que son père avait perdu son emploi à la Dominion Textile;

Suzie et Marjo reprenaient confiance en elles-mêmes, alors que leur mère était très violente ; Johanne apprenait à s'imposer une grande discipline, elle qui n'en avait jamais connu aucune ! Quant à moi, je venais de décider mon avenir : grâce à mon imagination, j'allais rendre les enfants heureux.

Il se produisit cependant une chose que je n'avais pas prévue. Le bouche à oreille fit en sorte que, bientôt, tous les enfants de la ruelle apprirent qu'une pièce de théâtre était présentée dans ma cour. Et nous dûmes présenter *Le Malade imaginaire* jusqu'à trois fois par jour. Les enfants vinrent y assister cinq fois, dix fois. Et un épineux problème survint : les épingles à linge disparaissaient à vue d'œil. Les mères étaient dans tous leurs états. Non seulement les spectateurs vidaient littéralement les réserves de leur propre mère-étendeuse-de-linge, mais ils allaient également voler celles de leurs voisines. Un matin, Mme Laporte vint sonner à notre porte (drôle de hasard, quand même !).

— Je sais pas ce qui se passe, madame Allard, mais un petit malappris a enlevé mon linge de sur la corde !

— Il a volé vos vêtements ?

— Ben non! Il a laissé le linge sur la galerie, pis il a volé toutes mes épingles! Ça fait deux fois que je vais au Woolworth pour m'en racheter. Des belles épingles à linge flambant neuves!

Plus nous donnions de représentations de notre *Malade imaginaire,* moins il restait d'épingles à linge dans la ruelle, voire même dans le quartier, les voleurs allant jusqu'à en piquer dans les ruelles avoisinantes. René, qui avait un esprit assez mercantile, nous fit une suggestion:

— Nous pourrions vendre... les épingles à linge que nous avons ramassées dans le sac brun? Cinq *cennes* chacune. On va se faire pas mal d'argent, vous croyez pas?

La proposition de René Roy méritait réflexion. Que pouvions-nous bien faire de toutes ces épingles à linge? Et qui assurerait notre salaire pour toutes ces représentations que nous avions offertes aux enfants de la ruelle? Qui nous payerait pour toutes ces heures de gardiennage?

Toute la troupe se mit à compter les épingles à linge contenues dans le grand sac de toile brune.

— Il y en a mille huit cent soixante-sept! annonça René, qui venait d'additionner les totaux inscrits sur sa feuille.

— Mille huit cent soixante-sept épingles à linge à cinq *cennes*, ça donne quatre-vingt-treize dollars et trente-cinq cents! Attaboy!

— Une vraie fortune! Ça fait à peu près vingt piastres pour chacun de nous! ajoutai-je.

— Vingt piastres! C'est le salaire de mon frère pour toute une semaine! s'écria Johanne.

Nous étions certains d'être les enfants les plus riches du monde. Avec cette somme, en 1965, on pouvait s'acheter une bicyclette ou s'habiller tout en neuf!

Mme Laporte fut la première à nous encourager. Elle acheta trois douzaines d'épingles à linge, sans toutefois en connaître la provenance. Puis Mme Deschênes en prit pour deux dollars. Les voisines d'en face, fières que nous ayons pensé à elles, en achetèrent chacune cinquante et nous offrirent même une tasse de lait au chocolat. Puis nous montâmes jusque chez Mrs. Greenhill. Cette dame, qui était maîtresse d'école à l'école Saint-Thomas-Moore, connaissait bien les enfants... et SES épingles à linge. En effet, parmi les spécimens que nous lui offrions, il y en avait quelques-unes de celles qu'elle s'était fait voler. Ses épingles étaient plutôt jaunes, avec une petite ligne peinte en rouge. Elles avaient appartenu à sa belle-mère qui vivait en Angleterre. Des épingles à linge anglaises!

Mrs. Greenhill se présenta alors chez ma mère, tenant le gros sac de toile qu'elle nous avait forcé à lui remettre, malgré nos explications honnêtes.

— C'est pour le théâtre! affirmait Suzie.

— Du Molière, en plus! ajoutait René.

— On a amusé tous les enfants de la ruelle! plaidais-je.

Rien à faire! Ma mère avait ses gros yeux méchants. Mrs. Greenhill et elle eurent une longue conversation privée! La dame ne partit que lorsque ma mère lui rendit toutes ses épingles à linge en lui promettant de me punir sévèrement (ce dont je ne doutais pas une miette!). Et Mrs. Greenhill ne manqua pas de tout raconter aux voisines, bien entendu.

Vers deux heures, cet après-midi-là, la ruelle ne fut pas envahie par une horde d'enfants, comme à l'accoutumée. Bientôt, toutes les mères disponibles se rassemblèrent devant notre cour arrière. Ma mère grommelait entre ses dents et se préparait à me donner une punition digne de la belle-mère d'Aurore, l'enfant martyre. Je me voyais empêchée de sortir pour tout un mois ou de passer aux portes le soir de l'Halloween! Pire! J'imaginais que ma petite mère allait ne plus me parler durant des semaines entières! Je tremblais de peur.

Ma mère sortit sur la galerie et, au milieu des vieux rideaux d'organdi et des décors du *Malade imaginaire,* elle ressemblait à une grande comédienne de théâtre. Droite, les épaules d'un général, elle se racla la gorge et annonça:

— Mesdames, veuillez venir vous asseoir. Le spectacle va commencer!

Je n'en revenais pas! Moi qui croyais que nous allions subir une raclée mémorable de nos mères, je venais de comprendre ce que la mienne voulait dire.

Les femmes de la ruelle s'assirent devant la galerie, sur nos sièges de fortune. Ma mère donna les trois coups de balai sur la galerie de bois. Le silence se fit. Et Argan, Béline, Angélique, Diafoirus et Toinette jouèrent, pour la dernière fois, le plus merveilleux *Malade imaginaire* jamais donné depuis des siècles. Le visage des femmes s'illumina. Elles riaient sans retenue. Elles applaudissaient à chaque réplique. Mes amis et moi oubliâmes l'affaire des épingles à linge. Ces femmes, qui passaient leur existence entre les quatre murs de leur logement, avaient, pour une fois, une très bonne raison de sortir dans la ruelle.

— Il fallait bien qu'on en ait pour notre argent ou pour… nos épingles à linge! déclara ma mère en m'embrassant.

Jamais plus je ne fis un autre mauvais coup d'une telle amplitude. Et, devenue une mère à mon tour, chaque fois que j'étends des vêtements sur la corde à linge, je ne peux m'empêcher de penser à Béline qui disait:

«Tous les biens du monde, mon ami, ne sont rien au prix de vous» (*Le Malade imaginaire,* acte I, scène VII).

Et de comprendre ce qu'est véritablement l'amour d'une mère.

MOI, JE SUIVAIS...

de
Jean Béland

Moi, je suivais... nous rappelle que Jean Béland, avant d'avoir été professeur, conseiller pédagogique et écrivain, a été un... enfant.

Clo-Clo était si heureux, cet été-là, de savourer ses premières vacances scolaires en jouant au «grand». Une sœur aînée, fonceuse et protectrice, un groupe de bons amis aventureux, une vieille remise isolée et remplie d'araignées, c'est plus qu'il ne lui en fallait. Mais voilà qu'un bon jour il se laisse entraîner dans une histoire... Quelle histoire! Quelle mésaventure!

Une histoire qui, plus tard, lui fera dire : «moi, je suivais...»

Je venais à peine d'avoir six ans. Je terminais ma classe de maternelle. C'étaient mes premières vacances scolaires. J'étais content. J'étais heureux.

Cet été-là, je me faisais garder par ma sœur Éliane. C'est ce que maman avait décidé. Papa était d'accord.

— Maintenant que tu as quatorze ans, Éliane, avait dit ma mère, tu prendras soin de la maison et de ton petit frère pendant que nous serons au travail, ton père et moi. Clovis et toi, vous n'irez plus chez Mme Soucy.

Clovis, c'est moi. Mais on m'appelait presque tout le temps Clo-Clo.

Pour moi, c'était la meilleure nouvelle de toute ma vie. Je détestais Mme Soucy. D'ailleurs, on la désignait toujours sous le nom de Mme Souris, à cause de ses petits yeux, de son nez trop court et des poils de moustache au-dessus de son bec mince. Je ne parlerai pas de sa cuisine. Ça pourrait vous couper l'appétit pour au moins trois jours…

Dès le début des vacances, j'ai adoré passer mes journées avec Éliane. Ma grande sœur avait la bougeotte, comme disait maman. Elle aimait tous les sports et tous les jeux d'adresse. Avec elle, je m'amusais beaucoup et j'apprenais à être plus vieux.

Éliane avait une amie de son âge, Marie-Ève, une grande fille mince qui était responsable, elle aussi, de ses deux frères plus jeunes, Ludovick et Simon. Des jumeaux. Ils avaient douze ans. Des jumeaux identiques. Tellement identiques qu'une fois, quand j'étais plus jeune, j'avais dit par erreur *Lusimon* au lieu de Ludovick. Ce sobriquet leur était resté. Quand on voulait parler des deux à la fois, on disait Lusimon. Ça permettait d'économiser des syllabes.

À cette époque, en 1975, nous vivions dans un village à Saint-Paulin, en Mauricie. Un petit village, avec des maisons serrées les unes contre les autres, protégé par des montagnes, tout autour.

Dès les premiers jours des vacances, nous avions pris l'habitude de nous retrouver chaque matin, ma sœur et moi, avec Marie-Ève et Lusimon. Naturellement, c'étaient les grands qui décidaient de ce qu'on allait faire. Moi, je suivais…

Nous avions… je veux dire, ils avaient découvert une vieille remise un peu croche, perdue au milieu d'un champ. Ses murs étaient faits de planches de bois noircies, sans fenêtres, avec une grande porte grinçante à l'avant. Son plancher était en terre battue. À l'intérieur, rien; absolument rien, sinon quelques insectes bizarres et des toiles d'araignées géantes un peu partout.

Cette remise ne servait plus à personne depuis longtemps. Pour s'y rendre, il fallait marcher dans l'herbe touffue et regarder où on mettait les pieds. Car il y avait des endroits humides et des bouses de vache ici et là. Les grands avaient décidé que cette vieille cabane serait notre repaire.

Les jours de beau temps, nous nous rendions tous les cinq dans notre cachette. Moi, je marchais derrière les autres, courant presque, parfois, pour éviter d'être semé. Car il fallait passer tout près de deux maisons pleines de mystère...

D'abord, il y avait celle d'Honorius Dupire, un homme un peu plus âgé que mon père et qui était unijambiste. Les autres avaient beau dire qu'il était gentil, moi, j'en avais peur. Souvent, assis sur son perron, il nous faisait un signe de la main et nous allions le saluer. Tout le temps qu'on était chez lui, je me tenais en retrait, derrière les autres. Je craignais que la maladie, qui lui avait mangé une jambe, ne soit contagieuse.

Avant de repartir, je comptais les miennes et celles des quatre grands, au cas...

Mes amis avaient raison. Honorius était plutôt gentil. En tout cas, il l'était plus que cette Constance Constantin, sa voisine, celle que l'on appelait «la sorcière». Pour nous rendre à notre repaire, il fallait contourner sa vieille maison en bardeaux rongés par le temps; tout autour paissaient des moutons et picoraient des poules en liberté, surveillés par un vieux chien presque aveugle. Tout près de la maison, dans un petit enclos pour elle toute seule, une vieille chèvre broutait paresseusement l'herbe rare. Le plus souvent, la barrière était ouverte et la chèvre suivait Constance partout, dans le potager, dans le champ voisin, sur le perron et même dans la maison. La sorcière lui parlait presque sans arrêt dans une langue qu'elle seule pouvait comprendre. Quand nous passions tout près, la vieille était toujours en train de sarcler son potager, talonnée par sa chèvre qui se régalait de feuillage. J'évitais de regarder la femme. Car, avec son menton et son nez pointus, son chapeau de paille et ses petites lunettes rondes, elle peuplait mes cauchemars pendant la nuit.

Les grands, eux, ne la craignaient pas. Ils disaient qu'elle était âgée et peut-être folle, mais inoffensive. Tout le monde savait dans le village qu'elle était incapable d'articuler les mots correctement. Une maladie d'enfance, à ce qu'on répétait. En son temps, il n'y avait pas de classes spéciales pour les difficultés graves d'apprentissage.

La sorcière n'aimait pas nous voir passer près de chez elle. Quand elle nous apercevait, elle marmonnait quelque chose à son vieux chien qui se mettait à japper timidement, juste pour lui faire plaisir.

— ... vous-en ! criait-elle du mieux qu'elle pouvait. ... Vous... pas revenir !

Plusieurs jours de suite, pour éviter de la provoquer, nous avions fait un grand détour. Le chemin était long et essoufflant. Il fallait aussi traverser un champ marécageux où il était impossible de ne pas se mouiller les pieds. Les grands ont donc décidé de passer de nouveau par le chemin habituel, au nez de la sorcière et de sa ménagerie. Tant pis pour elle, qu'ils disaient.

Aussitôt, la vieille et son chien se sont remis à japper, nous menaçant de je ne sais quoi. Les grands étaient exaspérés. Lusimon, surtout.

Un jour, pendant une averse, alors que nous étions bien à l'abri dans notre cabane, ils décidèrent de jouer un tour à Constance. Puisque cette sorcière s'attaquait à notre liberté, nous allions nous venger en libérant sa chère chèvre qu'elle aimait tant.

— Ce sera bien fait pour elle! trancha Marie-Ève, encourageant ses frères.

— Cette vieille chipie ne mérite pas mieux, renchérit ma sœur.

Les jumeaux approuvèrent. Moi, je suivais…

Le lendemain matin, après le départ des parents, nous nous sommes précipités à notre repaire et, de là, près de la maison de Constance Constantin. Après avoir couru un moment, nous nous sommes jetés par terre, rampant jusqu'à la vieille maison pour ne pas être vus. Il fallait s'arrêter de temps en temps pour respirer, puis, au signal d'Éliane, nous nous remettions à ramper le plus vite possible. C'est ainsi, à pas d'alligator, que nous avons atteint la maison de Constance, nous blottissant tous les cinq derrière une grosse roche. De cette cachette, nous pouvions observer les lieux avant de mettre notre plan à exécution.

À cette heure, la sorcière n'était pas encore sortie. Dehors, dans son enclos, la vieille chèvre bêlait faiblement entre deux «gueulées» d'herbe courte. Comme j'étais le plus petit, j'avais été désigné pour me glisser jusque-là et ouvrir la barrière.

J'étais nerveux, mais je ne voulais pas décevoir les autres. Ils ne pourraient pas dire de Clo-Clo qu'il était un lâche. Ça non! Et puis, je me disais qu'après tout je pouvais courir plus vite qu'une vieille dame. S'il le fallait, je serais courageux: je fuirais!

Au signal de ma sœur, je rampai vers l'enclos, puis je me rendis à la barrière d'une seule traite, craignant de perdre toute ma bravoure si je m'arrêtais.

Essoufflé, haletant, le tam-tam du cœur bourdonnant dans les oreilles, j'ouvris la porte de la clôture d'un geste sec. Ce fut un jeu d'enfant. C'est à peine si les charnières émirent un léger grincement, tout juste ce qu'il fallait pour attirer l'attention de la chèvre.

Surprise, elle me regarda de loin, mâchouillant quelques brindilles. Puis elle se dirigea droit sur moi. Elle avait l'habitude de sortir dès qu'on ouvrait l'enclos.

Par crainte à la fois de la sorcière et de l'animal, je rebroussai chemin à toute allure. J'oubliai même de ramper pour me cacher. Surexcité, je rejoignis les autres. Mes compagnons étaient fiers de moi. J'étais content. J'étais heureux. J'étais le héros. J'étais le meilleur, pour une fois…

Pendant que nous l'observions, la chèvre s'éloigna de l'enclos et gagna l'orée du bois. Joyeuse, elle savourait sa liberté toute neuve.

C'est alors que la sorcière surgit de sa chaumière, le visage à demi caché par son vieux chapeau. Tête baissée, elle se dirigea vers l'enclos et s'arrêta net, figée. Elle venait de constater la disparition de sa compagne. Nerveuse et inquiète, elle regarda tout autour, sans nous voir, cherchant la silhouette de sa vieille amie. Immobiles, nous l'observions sans respirer. Juste à ce moment, le nez se mit à me chatouiller. Je n'ai pas pu m'empêcher d'éternuer bruyamment.

La sorcière dirigea alors un regard de lance-flammes vers nous. Sans réfléchir, nous rassemblâmes tous nos courages pour détaler en vitesse sous les hurlements de la femme.

— … vous… là… vous… méchants !…

Nous nous arrêtâmes, hors de portée, à bout de souffle. S'appuyant sur un bâton, Constance se dirigea vers le boisé en hélant sa chère disparue :

— Qué ! Qué ! Qué !… criait-elle. Qué ! Qué ! Qué !…

— Faisons mine de rien, suggéra Éliane. Retournons tranquillement à notre cabane.

Un peu plus loin, nous aperçûmes Honorius qui nous adressait de grands signes de la main.

— Allons-y ! dirent les jumeaux.

Habituellement, l'unijambiste était souriant et semblait heureux de nous voir. Cette fois, il avait la mine sévère.

— Vous serez punis aujourd'hui même pour ce que vous avez fait, commença-t-il.

— De quoi parlez-vous? lança Marie-Ève en crânant.

Il nous raconta ce qui venait de se passer. Il avait tout vu. Il savait tout. Il paraissait fâché.

— Quand vous reviendrez ici, dans quelques jours, prédit-il, vous aurez eu votre leçon.

Puis il conclut:

— Allez-vous-en, maintenant! Allez réfléchir un peu à la peine que vous venez de faire à cette pauvre Mme Constantin.

Lentement, la mine basse, nous retournâmes à notre cabane, refermant aussitôt la porte derrière nous malgré la chaleur du jour. Accroupis le long d'un mur, nous passâmes le reste de la matinée à discuter le coup, hésitant entre fierté et remords et nous moquant de la prédiction d'Honorius.

— Bon, si on allait manger! proposa Éliane après deux bonnes heures. Il est midi déjà.

— Allons-y! s'écrièrent les jumeaux.

Les premiers, ils voulurent ouvrir la porte. Mais ils en furent incapables. Marie-Ève essaya aussi. Sans succès. Éliane fit chou blanc à son tour. La poignée intérieure, rouillée, tournait à vide. À l'extérieur, le vieux bec-de-cane en bois semblait coincé.

Oubliant notre appétit, nous passâmes des heures entières en vaines tentatives pour faire céder la serrure. Peine perdue. Vers la fin de l'après-midi, tous les canifs, bâtonnets, limes à ongles, lacets de chaussures, cailloux et autres objets à notre disposition, avaient été essayés. Je commençais à m'inquiéter sérieusement. Sans compter que quelque chose me tracassait.

— J'ai envie, dis-je à ma sœur, rouge de chaleur et de nervosité.

— Numéro un ou numéro deux ? s'enquit-elle.

— Numéro un, seulement, précisai-je.

Avec l'accord des autres, Éliane désigna le coin le plus sombre de la cabane pour les «besoins». Après m'être délesté, je fus suivi par tous les autres, à la queue leu leu, dans le petit coin. Les araignées qui logeaient à cet endroit n'avaient qu'à se boucher le nez.

Comme il était impossible d'ouvrir la porte, Lusimon et les autres tentèrent de passer par un mur en enfonçant une des planches avec les pieds.

— Cherchons une planche pourrie ou déclouée, suggéra Marie-Ève. Pourvu qu'elle soit assez large pour que Clo-Clo puisse passer. Ensuite, il pourra ouvrir de l'extérieur. N'est-ce pas, Clo-Clo?

Je n'étais pas certain de vouloir accepter une aussi grande responsabilité. Mais bon, puisque j'avais faim, soif et un peu peur, je serais encore une fois le héros s'il le fallait. Toutefois, l'occasion ne se présenta pas. Malgré ses murs «croches» et les interstices assez prononcés entre les planches noircies, la remise n'accusait aucune faiblesse suffisante pour céder sous des coups de pied. Il aurait fallu disposer d'outils ou encore d'un gros morceau de bois pour parvenir à nos fins.

À la brunante, toutes les planches à portée de pied avaient été sondées, sans exception. Il y en avait bien une, plus haut, qui laissait entrer quatre ou cinq centimètres de ciel près du toit. Mais il était impossible d'y accéder sans une échelle. Les grands durent se résoudre à l'évidence : nous passerions la nuit dans la cabane, sans eau, sans nourriture, sans couverture, sans parents, sans… tout. Je n'ai pas pu me retenir ; j'ai fondu en larmes.

Mes compagnons d'infortune tentèrent de me consoler du mieux qu'ils pouvaient.

— Ne t'en fais pas, Clo-Clo, dit Éliane. Après une bonne nuit de sommeil, on va trouver une solution.

— D'ailleurs, nos parents sont sûrement déjà à notre recherche, ajouta Marie-Ève. Les gens du village vont organiser une battue. Quelqu'un va passer par ici, c'est certain.

Je me remis à pleurer encore plus fort en pensant à ma mère.

«Maman!»

— La première personne qui entend des pas, dehors, le dit aussitôt, ordonna la sœur de Lusimon. Ensemble, nous allons crier assez fort pour qu'on nous entende et qu'on vienne nous libérer.

Après avoir pleuré un bon coup je retrouvai mon calme, malgré le silence peuplé par la rumeur des criquets et des grenouilles. Au coucher du soleil, je m'endormis d'un coup, appuyé contre ma sœur. Elle-même était étendue par terre, la tête posée sur la poutre usée courant à la base du mur.

Toute la nuit, j'ai rêvé à des araignées géantes qui nous retenaient prisonniers, mes amis et moi, dans d'immenses toiles gluantes. J'ai tout de même dormi d'un trait, jusqu'au soleil du matin.

Peu de temps après, quand la clarté a pris de la vigueur, j'ai constaté que les autres aussi étaient éveillés. Longtemps, très longtemps, nous sommes restés là, collés les uns sur les autres, silencieux, pensifs et somnolents, à attendre. Je fus le premier à me lever pour aller au petit coin. Tous les autres ont suivi ; encore, cette fois, c'étaient eux qui suivaient...

— Ne parlons pas, souffla Éliane, pour pouvoir mieux entendre. Quelqu'un viendra sûrement par ici, très bientôt.

— J'ai faim, dis-je.

— Clo-Clo, je t'en prie..., répondit ma sœur.

— J'ai soif aussi...

— Tais-toi ! ordonna-t-elle, et pense à autre chose.

— Je ne pense qu'à ça.

— Arrête, Clo-Clo ! implora Marie-Ève. Garde le silence et, si tu entends du bruit, dis-le.

Pour passer le temps, les filles décidèrent de faire de nouveau le tour de la cabane, à la recherche d'une planche faible oubliée la veille. Les jumeaux se remirent à étudier la poignée brisée, sans bruit. C'est alors qu'une idée de génie m'a traversé l'esprit. Pourquoi ne pas creuser un petit tunnel par lequel, moi, le plus petit, je pourrais sortir ? J'en parlai aux filles. Elles étaient fières de moi. À trois, puis à cinq, nous avons cherché l'endroit le plus mou où il serait possible de creuser avec nos mains.

Soudain, il m'a semblé entendre un bruit de pas à l'extérieur.

— J'entends marcher, dis-je.

Les grands s'arrêtèrent pour écouter.

Rien.

— C'est toi qui nous fais marcher, Clo-Clo, me reprocha ma sœur.

Elle devait avoir raison. J'avais dû me tromper.

Pourtant, quelques instants plus tard, j'entendis de nouveau un bruit de pas, plus près encore. Sans rien dire, je m'efforçai de rester immobile, évitant même de respirer pour mieux écouter. Cette fois, je ne me trompais pas. Quelqu'un marchait à l'extérieur, le long du mur.

— Venez, soufflai-je, venez par ici. J'entends quelqu'un marcher et respirer.

— Regarde entre deux planches, suggéra Ludovick, et dis-nous ce que tu vois.

J'obéis. Collant mon œil à une fente, je reconnus immédiatement la visiteuse : une vache. Comme si elle avait compris que je venais de la démasquer, elle émit un meuglement plaintif et s'éloigna lentement en chassant les mouches avec sa queue.

Les grands ont bien ri.

— Clo-Clo devrait garder les yeux clos, railla Simon.

— Et laisser les vaches au clos, rajouta Ludo.

Pendant qu'ils se payaient ma tête, moi, j'avais envie de pleurer. Puis, après avoir reniflé un bon coup, je décidai de continuer à chercher un endroit mou.

Un quart d'heure plus tard, je crus entendre de nouveau des bruits de pas. Sans un mot cette fois, je regardai par une fente. Rien. Du moins, rien dans le champ de vision étroit que me laissait l'interstice. Comme j'entendais encore quelque chose, je me rendis près du mur du fond, là d'où semblait venir le bruit. Je ne rêvais pas. Un berger allemand de forte taille reniflait un peu partout, s'arrêtant ici et là. Sans hésiter, je poussai un grand cri.

— Qu'est-ce qui se passe ? me demandèrent quatre voix et huit yeux à l'unisson.

Alerté, le chien répondit pour moi en jappant à nous en crever les tympans.

— Allons frapper dans la porte, suggéra Marie-Ève. Faisons du bruit pour qu'il continue de japper. Ce chien pourrait réveiller un mort. Il attirera l'attention. Quelqu'un viendra et nous serons sauvés.

Elle avait raison. À peine cinq minutes plus tard, on entendit des voix d'hommes s'approcher de la cabane. On s'est mis à crier à notre tour.

— Il y a quelqu'un ? demanda une voix.

— Oui, répondit Marie-Ève. Nous sommes là, tous les cinq. La porte est coincée. Nous ne pouvons pas sortir.

En quelques minutes, les hommes, ils étaient sept ou huit, ouvrirent la porte. Ils avaient mis le chien en laisse. L'un d'eux distribua à chacun de nous une bouteille d'eau. La meilleure eau de toute ma vie ! Ils étaient contents. Leur battue avait été couronnée de succès. Ils avaient retrouvé les enfants perdus, sains et saufs. Les gens seraient soulagés.

Car le village tout entier était en émoi. S'éclairant avec des torches, tous les hommes valides avaient passé la nuit à ratisser chaque maison, chaque cour, chaque bosquet, chaque fossé et tous les recoins, à la recherche du moindre indice pour nous retrouver.

Nous avons suivi nos sauveteurs jusqu'à la maison d'Honorius. Prévenus par téléphone, les ambulanciers arrivèrent peu de temps après pour nous conduire à l'hôpital de Louiseville, à deux cents kilomètres à l'heure. Là, après nous avoir examinés, on nous rendit à nos parents. Les traits tirés, ils étaient très heureux de nous revoir, même s'ils avaient de bonnes raisons de nous gronder et de nous punir. Car ils savaient déjà tout. Comment avaient-ils appris la

vérité ? Mystère ! Ce jour-là, ils se conten-
tèrent de se montrer soulagés, ne ména-
geant pas les caresses et les mots gentils.

Le soir venu, j'ai pris un bon bain, sans
rechigner pour une fois, et je suis allé au lit
très tôt. Maman et papa ne semblaient pas
fâchés. J'étais rassuré. J'étais heureux. J'ai
dormi comme une pierre.

Le lendemain matin, pendant qu'elle
sirotait tranquillement son café en face de
papa plongé dans son journal, maman dit
soudain :

— Dépêchez-vous un peu de manger et
de vous préparer, les enfants. À partir d'aujourd'hui, vous retournez chez Mme Soucy.

— Pas chez Mme Soucy ! échappai-je.

— Pourquoi ? demanda ma sœur.

— Écoutez-moi bien, vous deux, après
ce qui s'est passé...

— C'est Clo-Clo qui...

— Ne rejette pas la faute sur ton petit
frère, Éliane, trancha maman. Vous êtes
tous responsables de ce qui est arrivé. Toi,
plus que Clovis, parce que tu es plus âgée.
Vos amis le sont autant que vous, eux aussi.

Je me sentais un peu soulagé. Au moins,
cette fois, je n'étais pas le seul à être blâmé.

Maman poursuivit :

— Vous n'êtes peut-être pas au courant
des conséquences de vos gestes. C'est vous,

les cinq, qui avez libéré la chèvre de Mme Constantin. Tout le monde est au courant. Pauvre chèvre! Et surtout, pauvre Constance!

— Qu'est-ce qui est arrivé de si terri...?

— La chèvre a été retrouvée, coupa mon père tristement. Morte!

Un frisson me zébra le dos.

— La pauvre vieille dame est inconsolable, reprit maman. Sa chèvre la suivait partout depuis des années. C'est comme si elle venait de perdre un enfant...

— J'ai décidé de lui en acheter une nouvelle aujourd'hui même, enchaîna papa. J'irai la conduire chez elle ce soir. J'en profiterai pour lui dire que vous vous rendrez la voir, dans les prochains jours, pour vous excuser du mal que vous lui avez fait. Je me suis entendu aussi avec les parents de vos amis. Vous irez tous les cinq. C'est bien compris?

— Oui, papa, murmura Éliane, penaude.

— Oui, dis-je à mon tour, résigné.

Le surlendemain, vers la fin de la matinée, nous étions alignés tous les cinq, tête basse, devant Constance Constantin. Retenue à sa ceinture par une corde, une chevrette toute mignonne et frémissante broutait autour d'elle.

À notre grande surprise, la sorcière était souriante et, ma foi, moins effrayante de près que de loin. Elle accepta nos excuses, prononcées par Marie-Ève, sans le moindre signe de rancune.

— Ah!... Ah! marmonna-t-elle. Vous... jeunes... pas savoir... Vous... pas mé... chants.

Elle se pencha pour caresser la tête de sa petite chèvre. Je la revois encore plonger sa main crochue dans la poche de son tablier pour en sortir cinq pommes. Elle nous offrait ces fruits en signe de pardon, souriant de toutes ses dents, du moins, celles qui lui restaient.

POUR L'AMOUR
DE VIRGINIE...

de
Yanik Comeau

Yanik Comeau a plusieurs cordes à son arc, puisqu'il est écrivain, scénariste, metteur en scène, journaliste, enseignant... La lune est sa muse qu'il s'amuse à intégrer à toutes ses histoires.

Pour l'amour de Virginie... se déroule dans le cadre d'une classe verte au mont Orford et raconte les valeureux efforts de Gabriel pour conquérir le cœur de sa belle... à ses risques et périls.

*À Gabriel Arsenault
et Virginie Taillefer,
en espérant qu'ils se
rencontreront un jour...*

— **L**aurence ? Est-ce que quelqu'un a vu Laurence Tétrault ?

Pauvre Marie-Claude ! Elle est tellement anxieuse. Je la comprends. Partir trois jours en classe verte, avec un groupe de vingt-sept élèves de sixième année excités, ça doit être assez pour faire paniquer même la plus valeureuse des enseignantes ! Bon, d'accord ! Vingt-six si on ne retrouve pas Laurence Tétrault...

— Laurence ! Où étais-tu ? Tout le monde est dans l'autobus depuis quinze minutes, prêt à partir !

— Ah, c'est parce que...

Laurence ne l'avouera jamais, mais moi, je sais qu'elle a peur de quitter la maison et ne veut pas vraiment venir avec nous, même si elle sait que nous nous amuserons beaucoup. Marie-Claude a eu beau insister pour que nous demeurions patiemment assis dans l'autobus et que nous attendions le départ pour Orford, l'angoisse de Laurence a gagné le combat qui se jouait dans sa tête et dans son cœur.

Je connais Laurence depuis la maternelle. Elle n'aime pas dormir ailleurs que dans son propre lit. Elle déteste être séparée de ses parents depuis qu'ils ont été impliqués dans un gros accident de voiture quand nous étions en deuxième année. Heureusement, ils sont complètement remis maintenant, mais… Laurence, elle, ne s'en remettra peut-être jamais. Il faut la comprendre.

Nous filons sur l'autoroute des Cantons de l'Est, dans l'autobus scolaire qui nous amène à la base de plein air l'Aurore Boréale, où nous allons explorer la nature et faire des expériences scientifiques pendant trois jours. Le paradis, quoi ! J'adore les sciences, les randonnées en forêt et les sports de plein air.

La sixième année, c'est ma plus belle année de tout le primaire. Je m'entends bien avec tout le monde de ma classe. C'est aussi cette année que j'ai eu le bonheur et le privilège de rencontrer Virginie Latendresse, une fille si douce, si gentille, si drôle, si brillante et si belle qu'il faudrait lui ériger une statue devant l'école avant qu'elle ne la quitte pour entrer au secondaire.

Virginie est nouvelle à l'école Le Carrousel. Avant, elle habitait la région de Québec, mais comme le destin avait décidé que nous devions nous connaître, sa mère a été nommée directrice d'un centre culturel de la Montérégie. Maintenant, Virginie m'honore de sa présence tous les jours, dans la classe de Marie-Claude.

Dans l'autobus, notre enseignante dirige le chant, question de nous garder occupés et «positifs». Derrière moi, Gaël Paradis et Jonathan Roberge nous défoncent les oreilles et enterrent tout le monde, comme s'ils se prenaient pour de grands chanteurs d'opéra. Ils devraient plutôt se taire, mais Marie-Claude les encourage néanmoins. Décidément, il faudrait lui ériger une statue, à elle aussi!

Devant moi, Virginie regarde le paysage défiler et je vois le reflet de son doux sourire dans la fenêtre. Je ne chante plus. Je suis subjugué. Un ange est arrivé dans ma vie et je n'ai pas encore réussi à lui dire à quel point j'appréciais sa présence. Maintenant, trois jours s'offrent à moi pendant lesquels j'entends témoigner à Virginie toute l'affection que j'ai pour elle. Après ces trois jours, ce sera le triste retour à la réalité et... la fin de l'année scolaire ou presque, alors... les chances de me tailler une place dans son cœur seront de plus en plus minces.

Soudain, je suis tiré de ma rêverie. Je sens la main de Laurence qui se pose doucement sur la mienne. Elle veut que personne ne s'en aperçoive, mais elle a besoin d'être rassurée et elle sait que je ne rirai pas d'elle. Je lui souris et elle cligne des yeux pour chasser les larmes qui naissent à peine sous ses paupières. Laurence serre doucement ma main pour m'indiquer qu'elle est soulagée que je sois à ses côtés. Pourtant, je ne peux m'empêcher de penser que j'aimerais tant que la main de Virginie remplace celle de Laurence. Je sais que le geste n'aurait pas la même signification... ni pour elle ni pour moi.

En arrivant à Orford, on ne peut même plus s'entendre réfléchir tellement tout le monde crie et s'excite. S'ils le pouvaient, les élèves grimperaient les uns sur les autres pour sortir de l'autobus plus rapidement. Je sais que nous ne sommes pas loin de Granby, mais ce n'est pas une raison pour se comporter comme des ouistitis en cage !

Après avoir aidé Laurence à sortir son fourre-tout de sous le siège, je tapote doucement l'épaule de Virginie et je lui demande en pointant le compartiment à bagages au-dessus de nos têtes :

— Veux-tu que je descende ta valise ?

— Ah, euh… oui. Tu serais gentil, mais… fais attention, hein ? Elle est très lourde.

Ne reculant devant rien, je monte sur le banc que Virginie partageait avec Chloé Leblanc et j'agrippe solidement la grosse poignée brune. Je suis tellement heureux ! Enfin, je fais quelque chose pour aider Virginie. C'est sûr qu'elle sera reconnaissante et fière de moi. Je tends le bras pour soulever la valise et la tirer du porte-bagages lorsque… CATASTROPHE ! elle atterrit sur la tête de sa propriétaire !

— Ayoye !

— Virginie ! Excuse-moi ! Est-ce que je t'ai fait mal ?

Ma pauvre chérie se frotte la tête en grimaçant pendant que Marie-Claude, alertée par son cri de douleur, s'approche.

— Gabriel ! Qu'est-ce qui s'est passé ici ?

Je voudrais être six pieds sous terre. En tentant d'aider Virginie, je suis passé à deux centimètres de l'envoyer à l'hôpital ! Pendant que la fille que j'aime le plus au monde me défend auprès de Marie-Claude, je deviens aussi rouge qu'un piment mexicain en juillet. La classe verte commence très bien, en effet !

○

Il faut que je trouve une façon de me racheter. Pendant que toute la classe s'amuse à découvrir les différents bâtiments qui composent l'Aurore Boréale, je range mes vêtements dans les tiroirs sous mon lit. Je partage une chambre au deuxième étage du Météore – le chalet réservé aux garçons – avec Francis-Emmanuel, Antoine et Félix. C'est grand, c'est beau et ça sent bon. Je pense que je vais beaucoup aimer ça ici, sauf que… je ne sais toujours pas quoi faire pour impressionner Virginie.

— Gabriel ?

Comme une petite souris, Laurence s'est échappée du groupe pour venir me rejoindre. Elle jette un regard par la fenêtre pour s'assurer que personne ne l'a suivie, parce qu'elle sait que les filles n'ont pas le droit d'entrer dans le chalet des garçons et que les garçons n'ont pas…

— J'ai eu une idée qui pourrait t'aider avec Virginie…

C'est pour cette raison que Laurence a toujours eu une place spéciale dans mon cœur. Elle peut lire dans mes pensées et elle réussit toujours à deviner mes besoins. C'est la marque d'une véritable amie.

— Tu as vu la variété de fleurs sauvages qui poussent autour des chalets ? Elles sont superbes ! Tu pourrais lui cueillir un bouquet avant le déjeuner, demain matin, et lui donner… Qu'en penses-tu ?

Je trouve l'idée de Laurence extraordinaire. Demain matin, à la première heure, je me lancerai à la recherche des plus belles fleurs de la forêt… même si je sais qu'aucune d'entre elles ne pourra rivaliser avec la beauté de Virginie. Merci, chère Laurence !

— Gabriel ? Est-ce que quelqu'un a vu Gabriel Clermont ?

Oh, oh ! C'est Marie-Claude ! Elle est entrée dans le Météore pour me chercher. Si elle trouve Laurence ici, nous serons tous les deux dans l'eau chaude.

— Ah non ! Qu'est-ce qu'on va faire ? me souffle Laurence, les yeux grands comme des dollars.

Vite ! Je pousse mon amie dans les toilettes et je referme la porte.

— Je suis ici, Marie-Claude ! J'étais… euh… j'avais envie et je… j'arrive, là !

C'est l'heure de la collation du soir. Marie-Claude veut nous rassembler dans la salle à manger de l'Astéroïde, le pavillon où nous prendrons tous nos repas… sauf les pique-niques en forêt, évidemment !

Je surveille par la fenêtre pour m'assurer que notre enseignante est bien repartie et qu'elle se dirige vers la cafétéria. Fiou! Nous avons réussi à éviter le pire. Je fais sortir Laurence de sa cachette et je la remercie de son conseil. Il faut maintenant qu'elle quitte le chalet sans se faire remarquer. Heureusement, tout le monde est déjà à l'Astéroïde, alors… nous parvenons tous les deux à nous y rendre sans que personne ne soupçonne que nous étions ensemble.

En entrant dans la grande salle à manger, je suis ensorcelé par la délicieuse odeur des biscuits aux brisures de chocolat, ma gâterie préférée. Quel délice!

Mais… pendant ce qui me semble être une éternité, Denis, le moniteur qui dormira dans Le Météore avec les garçons, nous explique les règlements de l'Aurore Boréale. Strictement interdit de mâcher de la gomme sur le site… pas le droit de quitter les lieux sans permission… absolument interdit d'utiliser des crayons, des canifs ou des couteaux dans la forêt (j'espère bien!)… et défendu de déroger au couvre-feu… sous aucun prétexte!

Notre moniteur a choisi son moment! Il sait qu'il aura un auditoire captif, parce que personne ne veut rater les savoureux biscuits qui sortent à peine des fourneaux! Miam!

— Vous pouvez prendre un yogourt et une galette, avec un jus ou un lait, nous annonce-t-il enfin.

Mmmmm… tout un festin! Et c'est génial, je me retrouve assis à côté de Virginie. Je vous jure que c'est arrivé par hasard! Je n'ai rien provoqué, mais quand j'ai vu Laurianne se lever pour changer de place, j'ai nonchalamment… sauté sur l'occasion.

— J'espère que je ne t'ai pas fait trop mal, cet après-midi…?

— Non, non, me répond Virginie avec son plus beau sourire. Regarde, je n'ai rien du tout.

Ahhhhh… les cheveux de Virginie sont si beaux, si soyeux! Pendant que je caresse doucement la chevelure de ma bien-aimée en faisant semblant de chercher une bosse, je sens un doigt insistant qui tape sur mon épaule.

— Gabriel, peux-tu m'aider à ouvrir mon yogourt? J'ai les mains pleines de pouces.

Audrey Tanguay! Elle me fait les yeux doux depuis la troisième année. Ah! qu'elle m'énerve! Elle me regarde toujours avec ce petit sourire insignifiant, comme si elle n'était pas intelligente, alors que je sais très bien que c'est une des filles les plus brillantes de la classe. Pourquoi y a-t-il tant de filles qui pensent que les garçons aiment les cruches ?

Évidemment, je jette un regard complice à Virginie avant de sourire à Audrey et de faire mon homme galant. Je prends le petit pot de yogourt aux bleuets et, sans quitter Virginie des yeux un seul instant, je commence à retirer la pellicule de papier métallique qui me résiste. Cette damnée petite membrane me donne tant de mal que je dois redoubler d'ardeur, mais je ne veux surtout pas que ça paraisse devant Virginie. Après tout, un gars a son orgueil !

Soudain, la colle se décide à céder sans que je m'y attende et une abondante pluie de yogourt aux bleuets asperge le nez, les lèvres, le menton et le chandail de ma belle Virginie ! AU SECOURS !!! Pas encore une gaffe ? Pauvre Virginie ! Elle va sûrement proposer que l'on me mette en broche pour le souper de demain soir…

Après s'être remise de l'effet de surprise, ma bien-aimée se lèche les lèvres et sourit.

— J'ai toujours préféré le yogourt aux fraises, mais… cette marque-là est bonne, hein ?

Évidemment, Marie-Claude, Denis et tous les élèves ne peuvent s'empêcher d'éclater de rire. Je les comprends ! Moi aussi, j'adore le sens de l'humour de Virginie.

Quelques secondes plus tard, toujours avec son délicieux sourire malicieux, Virginie me plante ses lèvres couvertes de yogourt sur la joue pour se venger. Alors là, c'est le délire! Tout le monde crie et rit pendant que Virginie tente de nettoyer son visage avec sa langue, et moi, qui devrais vouloir m'essuyer la joue, je reste là, sans bouger, hypnotisé par ma princesse qui vient de séduire tout le royaume. Elle est encore plus merveilleuse que je ne l'imaginais!

Ce soir-là, Francis-Emmanuel, Félix et Antoine sont comme des moulins à paroles. De vraies pies! Ils ne veulent pas dormir et jacassent sans arrêt, même si Denis insiste pour que nous nous taisions. Il sait que nous devrons être en forme demain matin pour affronter toutes les activités qui nous attendent.

Étendu sur le dos, les mains sous la tête, je regarde le plafond légèrement éclairé par le reflet de la pleine lune. Je rêve à Virginie, bien sûr, mais je pense aussi à ce que grand-maman Mary m'a dit un jour : « Le premier amour est celui que l'on n'oublie jamais. » Pas de doute que tu as raison, mamie!

Je n'arrive pas à trouver le sommeil. Mes trois copains ont finalement cessé de papoter et se sont endormis alors que moi, j'ai les yeux bien ouverts. Je presse le bouton de ma montre. Il est deux heures du matin et je suis aussi endormi que s'il était deux heures de l'après-midi !

J'ai la bougeotte. Il faut que je fasse quelque chose. Je ne peux plus rester là, à faire des ombres chinoises sur le mur, dans la lumière de la lune. Dans ma tête, les paroles de Laurence et celles de Denis se bousculent : « Cueille-lui des fleurs ! », « Le couvre-feu, c'est sacré. Il est interdit de sortir des chalets après le couvre-feu... sous AUCUN PRÉTEXTE !!! »

Je me lève. On dirait qu'un petit démon a pris possession de mon cerveau ! Il me souffle à l'oreille : « Maintenant les fleurs, maintenant les fleurs... » C'est fou, je le sais, mais je ne peux pas m'en empêcher. Sans faire de bruit, je sors de la chambre et je descends l'escalier qui mène à l'extérieur, en prenant garde de ne pas faire craquer les marches. Ouf ! Personne ne s'est réveillé. J'allume ma lampe de poche et, en pyjama, je m'aventure dans le petit bois derrière le Météore. Malgré moi, je ne puis m'empêcher de jeter un œil vers la fenêtre derrière laquelle Virginie dort dans la Galaxie, le chalet des filles.

J'enjambe les grandes herbes en broussaille.

« Je vais vous cueillir les plus belles fleurs sauvages de l'univers, jolie princesse ! »

Mon cœur bat plus vite que ne tourne un moteur de Formule 1. Moi qui ai toujours eu peur du noir, me voilà plongé dans le bois, en pleine nuit, à la recherche de fleurs, alors que je devrais dormir sagement dans mon lit. Il faut vraiment être amoureux !

Avec ma lampe de poche, je réussis à voir relativement bien et je choisis une grande variété de fleurs et de plantes qui parfument l'air et enchanteront ma Virginie d'amour. Seule ombre au tableau, j'ai oublié la citronnelle pour éloigner les moustiques et j'ai l'impression de me faire piquer toutes les trois secondes. Peu importe ! Je suis courageux, et ce ne sont pas quelques insectes qui m'empêcheront d'accomplir ma mission.

Voilà ! J'ai cueilli assez de fleurs pour ouvrir une boutique. Virginie sera fière de moi. Quand je lui donnerai son bouquet demain matin, elle sera aussi séduite que je l'ai été par son baiser au yogourt. Demain matin ? Et si je poussais l'audace jusqu'à lui remettre en plein milieu de la nuit ? Pourquoi pas ?

Toujours à l'aide de ma lampe de poche, je ramasse quelques cailloux et je me place sous la fenêtre de Virginie. Il faut que je sois prudent. Je sais qu'elle partage sa chambre avec trois autres filles, mais… si une des trois autres se réveille la première, je lui chuchoterai discrètement que je veux voir Virginie, c'est tout.

Je lance un premier caillou qui rate sa cible et frappe le bois sous la fenêtre. J'attends un peu. Rien. Mon deuxième caillou arrive en plein dans le mille! Un petit coup pas trop fort sur la vitre. Virginie se réveillera-t-elle? J'attends. Toujours rien. Mais ce qu'il fait chaud, cette nuit! J'essuie la sueur qui coule sur mon front et mes joues. Et ces picotements qui se font de plus en plus insistants sur mes bras et mes jambes. Courage, Gabriel! Je me suis rendu jusqu'ici, j'irai au bout de ma mission. Allez! Mon troisième caillou frappe un peu plus fort dans la vitre et… VICTOIRE! je vois la lueur d'une lampe de poche à travers la fenêtre. Son faisceau se dirige vers le sol et… après avoir fait quelques tours à la recherche du mystérieux personnage qui lance des pierres à la fenêtre, il m'arrive en plein front. J'ai réussi! Bravo!

La fenêtre s'ouvre.

— Gabriel Clermont!!! Qu'est-ce que tu fais là, en plein milieu de la nuit?

Oh, oh! Mon cœur fait trois tours. Je crois que je me suis trompé de fenêtre.

— MARIE-CLAUDE??? Euh... excuse-moi, je... euh...

— Va immédiatement te recoucher, jeune homme. Je m'occuperai de ton cas demain matin. Allez!

Mon cas? Ouille! Je sens que je vais payer cher ma petite escapade nocturne. Hé misère! Est-ce que j'ai le tour de me mettre les pieds dans les plats, moi?

Je rentre le plus discrètement possible au Météore et je me glisse dans la salle de bains pour mettre mes fleurs dans l'eau. Oui, je sais. Peut-être que j'aurais dû carrément les laisser là où je les avais trouvées et tout abandonner, mais je me suis dit: «Au point où tu en es, tu n'as plus rien à perdre, alors pourquoi ne pas au moins récolter quelques fruits de cette grande expédition? Virginie ne mérite pas moins ses fleurs que lorsque tu les as cueillies!»

Décidément, celui qui a dit qu'il n'y avait pas de maringouins dans la région de l'Estrie ne s'était jamais rendu à Orford. Ça me pique partout! L'enfer! Je me gratte, je me gratte, je me gratte... je lève les yeux vers le miroir de la salle de bains...

— AAAAAHHHH!!!

L'horrible visage qui se reflète dans la glace n'est pas le mien. Il est couvert de plaques rouges et de cloques dégoûtantes qui me donnent l'air d'un monstre de film d'horreur.

Mon cri d'effroi a réveillé Denis et les autres, qui accourent pour voir ce qui se passe.

— Ouache!!! s'exclament Francis-Emmanuel, Vincent, Danny et quelques autres.

— Dégueu! s'écrie Félix.

— Qu'est-ce que tu as fait, Gabriel? demande Antoine en grimaçant.

— Je pense que notre ami Gabriel est allé faire une balade dans l'herbe à puce, les copains! déclare Denis qui en a vu d'autres.

L'herbe à puce??? Ah non! Ce n'était donc pas les moustiques! Tous les gars de ma classe s'esclaffent et se moquent de moi. Je passe pour le plus idiot des idiots. ET ÇA PIQUE!!! AU SECOURS!!!

o

Le lendemain matin, pendant que les autres prennent leur petit déjeuner à l'Astéroïde, je me badigeonne de lait anti-démangeaison rose et je ressemble à une grosse barbe à papa de La Ronde. Bravo, Gabriel!

Ouf! Quelle aventure! Est-ce que je la regrette? Pas le moins du monde puisque j'ai finalement pu remettre mes fleurs à Virginie. Et elle m'a dit que le rose me va à ravir!

CINQ POULES AU DORTOIR

par
Cécile Gagnon

J'ai voulu raconter un défi que s'étaient lancé trois jeunes élèves d'un séminaire, il y a de ça pas mal longtemps. Plonger dans une autre époque me plaît énormément. Mais je vous avoue que le défi le plus ardu que j'ai eu à relever, en plus de bien décrire l'atmosphère du lieu, fut celui de me mettre dans la peau d'un jeune garçon.

Écrire, c'est justement créer ce genre de métamorphose. Se mettre dans la peau de quelqu'un d'autre et, le temps de l'écriture, vivre sous une autre identité. C'est très excitant. Essayez, vous verrez!

Mon cher François-Xavier,

Quand tu passes ou quand tu roules sur le trottoir de la rue Jacques-Cartier, je suis sûr que tu remarques les pelouses et les beaux arbres qui entourent le cégep. Ces arbres sont là depuis longtemps. Ils en ont vu défiler, des petits gars comme toi ! Le grand bâtiment de briques, qui jouit d'une vue imprenable sur le Saguenay, a abrité des centaines de garçons. Ce Séminaire était un peu comme pourrait être aujourd'hui une institution regroupant, sous le même toit, le cours secondaire et le cégep. On disait que les élèves faisaient leurs humanités. Un jour, je t'expliquerai mieux ce que ces mots veulent dire.

Pour le moment, j'ai envie de te parler de la vie que j'ai menée ici, dans ce collège, où, encadré et surveillé, j'ai, en quelque sorte, appris une grande partie de ce que je sais aujourd'hui. Pour la majorité d'entre nous qui venions de milieux modestes, souvent issus de parents cultivateurs qui se saignaient aux quatre veines pour permettre à un ou deux de leurs garçons de s'instruire, la vie de pensionnaire était tout un apprentissage. Sais-tu le sens du mot «pensionnaire»? Vivre en pension, ça veut dire dormir, manger, jouer, étudier, prier, vivre sous la gouverne d'hommes, des prêtres séculiers, sans rentrer le soir à la maison familiale. Les prêtres, professeurs, surveillants, directeurs, maîtres de salle qui nous encadraient étaient tous vêtus d'une longue robe noire qu'on appelait une soutane.

Quant à nous, les petits élèves, vêtus de redingotes élégantes qu'un ceinturon vert décorait, nous étions comme des petits soldats, tous pareils. Nous marchions en rangs. Nous étudiions ensemble sur des tables alignées dans d'immenses salles silencieuses. Nous mangions ensemble dans des réfectoires. Nous dormions tous ensemble dans des dortoirs. Sauf pendant de rares congés, nos familles et nos parents étaient exclus de notre vie. Dès les premiers jours de septembre jusqu'à l'été, le Séminaire devenait notre monde; nos compagnons et les prêtres, notre entourage quotidien.

Nos journées se déroulaient selon un horaire précis. On pourrait le résumer à ceci: la prière, les cours, l'étude, les jeux, l'étude, la prière. Pas de télévision, pas de cinéma. Pas d'ordinateurs ni de jeux électroniques. Si, lors de fêtes religieuses, nous allions à la cathédrale pour chanter un office et en profiter pour regarder déambuler sur les trottoirs les «gens ordinaires», il fallait attendre les grandes vacances d'été pour reprendre contact avec nos proches.

Notre Séminaire était à la fois un endroit formidable et une source de frayeurs. Ça prenait des mois avant d'en apprivoiser tous les recoins. Pour nous qui connaissions souvent des logis petits et encombrés, les longs couloirs sombres, les vastes salles d'étude, l'immense cour de récréation étaient une révélation. Il y avait aussi, pour nous dépayser encore davantage, l'odeur de l'encre, du papier, de l'encens, des cierges... des senteurs à nulle autre pareilles. Et puis, il y avait aussi des endroits magiques, comme la bibliothèque où régnait un silence impressionnant et qui contenait tant de livres que nous n'aurions jamais le temps de lire!

Mais tu te demandes peut-être si – dans ce magnifique décor – j'aimais la vie que je menais au Séminaire? J'ai adoré ces années de pensionnat. Les contraintes, au lieu de nous handicaper, nous encadraient tout en nous fournissant une vie riche, sans soucis et remplie de bonheurs simples, comme gagner une partie de hockey contre les plus vieux. Et autre avantage à signaler : jamais il ne nous manquait de compagnons pour jouer ou discuter.

Il est vrai que nous devions nous soumettre aux règlements, suivre un horaire serré, obéir à l'autorité, forger nos caractère et performer ! Le mot d'ordre des éducateurs était de dompter le sauvageon en nous ! Les retenues, les punitions en tous genres rythmaient la vie des plus rétifs. Parfois, on donnait du fil à retordre aux autorités. Tu verras comment. Mais c'était un temps heureux ; après les vacances d'été où l'on s'ennuyait le plus souvent, on avait grande hâte de retourner au Séminaire.

Si j'ai mentionné les pelouses soignées et les arbres de la devanture, je ne t'ai pas tout dit. Il y avait aussi le territoire – ou plutôt le domaine – du Séminaire. Il comprenait, en plus de ce parc magnifique, une ferme gérée par les prêtres. Une ferme immense, de plusieurs arpents, comprenant des champs en culture, des prairies, divers bâtiments et même la maison d'un agronome qui résidait sur place en permanence. Aujourd'hui, c'est l'Université qui occupe ce vaste espace.

Pour nourrir tous les gens qui vivaient au Séminaire, élèves, prêtres, employés, il n'était pas question d'avoir recours au super-marché! Alors, on produisait sur place: lait, œufs, viande, légumes, céréales, etc.

Je t'écris ces lignes pour te raconter, maintenant que tu connais le décor, le plus génial mauvais coup que j'ai accompli dans ma vie. Il m'a d'ailleurs valu une belle réputation, qui tient encore! Car, malgré les interdictions, les directives et les horaires, il y a toujours une place, chez un être humain, pour l'invention et le plaisir d'aller au bout d'un désir. Ce qui va suivre rendra compte de la réalisation d'un défi que s'étaient fixé à eux-mêmes trois gamins turbulents, suppo-sément respectueux et obéissants.

Dans un collège de garçons comme le Séminaire, les exploits, les notes d'excel-lence et les méfaits des anciens élèves te-naient lieu de mémorial. D'année en année, on se racontait les prouesses des uns, le renvoi des autres. Plus que tout, les mauvais coups avaient la cote parmi les élèves et ces fanfaronnades, au fil des ans, s'enjolivaient de détails de plus en plus farfelus. Aussi vint-il à nos jeunes oreilles qu'un ancien avait, une nuit, fait monter un cheval au dortoir des grands! Ce n'était pas tant l'émoi créé que l'audace du geste, allant évidemment à l'encontre de la bonne conduite, qui nour-rissait notre imagination.

Un cheval ! Tu te rends compte ! Quand on sait que le dortoir des grands était situé au cinquième étage et qu'après la prière du soir cette salle, peuplée de lits de fer bien alignés, était ou devait être plongée dans un grand silence. Seules, parfois, d'étranges paroles articulées par un dormeur qui rêvait tout haut venaient déranger la nuit, de même que les fous rires de ceux qui lisaient en cachette sous les couvertures. Imagine le désordre et le tintamarre que la présence du cheval a dû provoquer !

Ah ! tu penses bien qu'il fallait nous préparer minutieusement pour parvenir à nos fins ! Car les abbés surveillaient nos allées et venues, encadraient nos réunions, réglementaient même nos parties de ballon ! Et surtout, il y avait interdiction formelle, sous menace de sanctions, de visiter la ferme.

Sous le sceau du secret le plus hermétique, la plupart de nos récréations furent consacrées à l'élaboration des préparatifs. Nous étions trois comparses, Guy, Lawrence et moi, qui mijotions une prouesse, car l'histoire du cheval nous avait bien impressionnés. L'ami Guy eut une idée de génie.

— Si on amenait des poules ?

— Où donc ?

— Au dortoir, c't'affaire !

Déjà, l'image de poules déambulant en caquetant entre les lits et se juchant un peu partout s'imprimait dans nos esprits. Ce serait sans doute aussi spectaculaire que le cheval, pensions-nous, et moins encombrant! En tout cas, ça risquait de réveiller les dormeurs, car il va de soi que l'exploit se ferait de nuit.

La décision est prise. On choisit l'heure, le jour. Mille questions surgissent: «Comment aller à la ferme sans se faire voir? Comment transporter nos prisonnières? On en prend combien? Cinq? Dix?»

— Le plus possible! lance Guy.

Je renchéris:

— Plus on en aura, mieux ce sera!

On finit par s'entendre pour transporter les poules dans des sacs de jute que Lawrence a dénichés je ne sais où. Au fur et à mesure de nos conciliabules secrets, habilement intercalés entre les cours et les sessions d'étude, de nouvelles interrogations naissent.

— Comment va-t-on sortir du bâtiment?

Guy a la réponse, heureusement:

— La porte donnant sur la cour de récréation n'est jamais verrouillée.

— On va sortir en pyjama? dis-je.

— Ah! c'est un problème, reconnaissent mes coéquipiers.

72

Mais nous sommes au printemps et le temps est doux.

— Donnez-moi vos vêtements. Je me charge de les cacher dans le vestiaire de la buanderie. On n'aura qu'à se changer au passage! dis-je, triomphant.

— Parfait! déclare Guy.

Tout est prêt. Le grand moment arrive enfin.

Dans le dortoir silencieux, nous retenons notre souffle, attendant l'heure. Quelques-uns, observant avec surprise notre conduite irréprochable, commencent à avoir des doutes sur nos intentions. Le surveillant, ce soir-là, n'est pas dans sa chambre. Il doit assister à une réunion. À la bonne heure!

Nous comptons les minutes qui nous séparent de vingt-trois heures. La peur nous noue l'estomac. Non pas la peur des sanctions, mais plutôt celle de voir un compagnon nous trahir, un zélé aller révéler notre secret au surveillant. Délicieux malaises ressentis par tous les fomenteurs de mauvais coups. Bientôt, les craintes sont oubliées puisqu'il est temps d'entrer en action.

Sans bruit, nous glissons tous les trois hors de nos lits et quittons le dortoir en pyjama, pieds nus, chaussures à la main. La chance est avec nous, car nous descendons sans anicroche les nombreux paliers des larges escaliers aux marches de marbre. Puis, arrêt à la buanderie où nous enfilons nos vêtements. Enfin, nous sortons dans la nuit, tenant serrés sur nos cœurs battants trois grands sacs de patates.

À la ferme!

Malgré notre surexcitation, nous apprécions le fait de marcher paisiblement tous les trois sous le ciel étoilé. Pas un bruit, pas une présence. La lune nous fait des clins d'œil et nous n'oublierons pas de sitôt la beauté de cette nuit.

Rendus à destination, une surprise nous attend. Le poulailler est entièrement entouré d'une haute clôture métallique. Sans doute des voleurs de poules rôdent-ils dans les environs! Ou des renards... Que faire?

Qu'à cela ne tienne! Pas question de laisser une clôture de trois mètres nous arrêter. À l'assaut! Nous finissons par la franchir et nous pénétrons en silence dans le bâtiment.

Des poules, ça dort? Oui... mais elles n'aiment pas trop être interrompues dans leur sommeil.

Pas facile d'attraper une poule juchée, même endormie! Lawrence, très à l'aise, nous donne un cours d'«attrapage» de poules! Il faut ouvrir nos sacs, mettre une main au-dessus du volatile, et hop! Mais il y a des ratés. Lawrence, lui, en capture trois à la fois! Bientôt, un grand vacarme envahit le poulailler. Les poules lancent leurs détestables caquetages et volent dans tous les sens.

Vite. Déguerpissons avant qu'on ne vienne! Un sac mal fermé laisse échapper une des prisonnières! Zut! Pas le temps de courir après!

Après avoir escaladé de nouveau la clôture, sous l'œil bienveillant de la lune de mai, nous repartons vers le bâtiment du collège, tenant solidement cette fois nos sacs et nos proies.

Le reste fait partie de la petite histoire du Séminaire. Après être rentrés sans bruit, nous filons à la buanderie récupérer nos pyjamas. Puis, de retour au dortoir, nous reprenons silencieusement place dans nos lits, nos sacs gonflés bien cachés dessous. Nous avons eu beau nous fixer un délai avant de lâcher les poules, l'attente est tellement insupportable que nous ouvrons nos sacs bien avant le signal convenu. Les poules, jusque-là muettes, une fois libérées, s'en donnent à cœur joie. Tous les élèves s'éveillent. Les poules font un boucan terrible, même si elles ne sont que cinq. Et bientôt, l'aube pointant, elles lancent de bruyants *cot-cot-cot*.

Aux yeux de tous nos compagnons, nous, Guy, Lawrence et moi, sommes des héros! Il y a des crottes de poules partout, des plumes volent dans les airs et le chaos est général. Le plus étonnant, c'est que le surveillant, pourtant couché dans un angle de la salle, au milieu du vacarme, ne s'est pas réveillé. Et le plus surprenant encore, c'est que nous n'avons pas été punis.

Ah! mon cher François-Xavier, ce mauvais coup était bien inoffensif, pas vrai? Je n'ose imaginer ce que les écoliers d'aujourd'hui seraient capables d'inventer pour faire rager leurs professeurs. Mais ce qui me reste de cette affaire, c'est le sentiment d'avoir partagé une belle amitié, une complicité à toute épreuve et, ma foi! d'avoir récolté un peu de gloire à la mesure de cette époque où nous manquions parfois de soupapes pour évacuer notre trop-plein d'énergie.

J'ai hâte de voir quel genre de mauvais coups tu vas inventer, toi, quand tu aborderas ta vie d'écolier. En attendant, je compte sur toi: si on te lance un jour un défi, quelle qu'en soit sa nature, sache le relever. Avec brio! Pense à nos poules!

Ton grand-père,

Michel

C'EST LA FAUTE AU PETIT !

de
Hélène Grégoire

D'aussi loin qu'elle se souvienne, Hélène Grégoire se passionne pour la lecture et pour l'écriture. Son autre grand amour, c'est l'univers de l'enfance. Heureuse rencontre que celle de tous ces tendres penchants : de belles histoires et des mots très doux en sont issus ! Mais aussi de drôles de récits, dont le suivant qu'elle nous présente ainsi :

« Il n'y a que les enfants qui font des mauvais coups. Toutes les grandes personnes savent cela. Moi-même, c'est en devenant adulte que je l'ai compris. Et si vous ne me croyez pas, vous n'avez qu'à lire l'histoire suivante qui rapporte des faits particulièrement accablants et qui prouve, hors de tout doute raisonnable, ce dont je suis absolument convaincue : la tendance à faire des mauvais coups est une maladie dont on guérit. »

Comme chaque matin, le lever avait été mouvementé. Étienne d'abord, l'aîné des enfants, n'avait pas voulu quitter son lit. De guerre lasse, sa mère lui avait envoyé le chien pendant qu'elle tentait de réveiller Sophie, la plus jeune, grognon comme tout dès qu'elle ouvrait l'œil. Et pendant ce temps, M. Loiseau, pressé, se rasait dans la salle de bains.

Son visage barbouillé émergeait d'ailleurs à peine dans la brume du miroir lorsque, de façon tout à fait inattendue, le téléphone se mit à sonner.

— Chéri! C'est pour toi! cria Mme Loiseau. Je crois que c'est Émilien Lacasse.

Sous l'effet de la contrariété, le pauvre M. Loiseau se coupa la joue. Cet Émilien était une catastrophe ambulante: il ne se passait pas une journée sans qu'il lui arrive quelque chose de fâcheux. Hier encore, au bureau, on l'avait sauvé *in extremis* d'une mort aussi atroce que certaine: sa cravate s'était entortillée dans le déchiqueteur à papier et, pour le libérer, il avait fallu la couper. Un moment, M. Loiseau avait songé à couper le cou d'Émilien tellement il était excédé par les maladresses de ce dernier. Mais, lorsqu'il avait osé le suggérer, à la blague naturellement, les cris effrayés des secrétaires l'avaient convaincu de ne pas insister. C'est donc dans la cravate qu'il avait mis les ciseaux, et Émilien avait eu le mauvais goût de s'en plaindre tout le reste de la journée.

Donc, qu'il l'appelle de si bon matin, à la maison de surcroît, ne laissait rien présager de bon. M. Loiseau était donc de très mauvaise humeur lorsqu'il décrocha le téléphone. Et ce qu'il allait entendre n'allait rien arranger.

Deux minutes plus tard, ni plus ni moins, il descendait les marches deux à deux, le veston dans une main, la cravate dans l'autre, et de la mousse à raser encore plein la figure !

— Qu'est-ce qui t'arrive ? lui demanda son épouse.

— Il m'arrive Lacasse ! Voilà ce qui m'arrive ! Cet abruti a encore perdu ses clés, et il n'y a personne d'autre pour ouvrir le bureau, ce matin. Alors, je dois y aller, sinon les employés ne pourront pas entrer, les clients ne pourront pas téléphoner, et tout le monde sera en retard toute la journée!

Mme Loiseau était fort contrariée de ce que son mari venait de lui annoncer. Ce départ précipité signifiait qu'elle devrait elle-même conduire les enfants à l'école, ce qui ne lui convenait pas du tout ce matin. Elle avait en effet un rendez-vous avec des amies, dans un restaurant. Pour le déjeuner. Elle adorait déjeuner. En fait, elle n'aimait rien autant que manger.

— Et si tu demandais à quelqu'un d'autre, pour une fois? proposa-t-elle. C'est toujours à toi de réparer les gaffes des autres!

— Je suis vraiment désolé, mais je ne peux pas faire autrement!

Et, oubliant d'embrasser ses enfants et de boire son café, M. Loiseau se hâta vers le bureau, sans même s'apercevoir qu'il avait aux pieds deux chaussures de couleurs différentes.

Mme Loiseau se résigna à accompagner ses enfants à l'école. Mais en voulant trop se dépêcher, elle grilla un feu rouge et fut aussitôt prise en chasse par un policier. Ce qui, évidemment, eut pour effet de la retarder un peu plus.

Lorsqu'elle arriva au restaurant, particulièrement affamée, elle était de fort mauvaise humeur. Et, parce qu'elle était frustrée, elle commanda en double. Elle vida ses deux plats et, lorsque ses compagnes la quittèrent pour aller travailler, elle s'attaqua aux tranches de pain grillées que ces dernières avaient laissées dans leur assiette. Puis elle en recommanda.

L'heure avançait et, puisqu'elle était en ville, elle choisit de rester pour faire du lèche-vitrines. Elle décida alors de manger une bouchée dans un petit restaurant dont ses amies lui avaient parlé. Mais puisqu'on n'y servait pas de bouchées, elle choisit une grande assiettée, dont elle avala le contenu sans même s'en apercevoir. Elle se rendit ensuite au cinéma, où elle commanda, naturellement, un gros format de maïs soufflé et un grand verre de boisson gazeuse pour faire passer tout ça.

Après la présentation, se sentant un peu lourde, elle fit quelques pas dans le parc, question de digérer un peu. Mal lui en prit : elle se laissa tenter par un cornet de crème glacée qu'elle dégusta rêveusement sur un banc, juste devant la statue d'un personnage auquel, semblait-il, seuls les pigeons s'intéressaient. N'importe qui, dans ces conditions, se serait laissé gagner par la somnolence et aurait oublié l'heure. Et c'est ce qui lui arriva.

Une heure plus tard, l'animation qui s'empara des environs l'arracha à sa torpeur. Comprenant que les gens quittaient les bureaux pour rentrer chez eux, elle regarda sa montre et, paniquée, réalisa qu'elle avait pris beaucoup de retard.

Heureusement, une cabine téléphonique se trouvait à l'orée du parc. Elle s'y précipita et composa le numéro de son beau-père.

— Papy! J'ai besoin de vous! Je suis retenue en ville et je n'aurai pas le temps de prendre les enfants à la sortie de l'école!

Comprenant au quart de tour ce qu'on attendait de lui, le grand-papa promit de s'en occuper.

— Vous allez bien les surveiller en attendant mon retour? s'enquit-elle, un peu inquiète. Je ne devrais pas tarder.

Aurélien Loiseau assura à sa bru qu'elle pouvait être tranquille, qu'il avait déjà eu de jeunes enfants et qu'il savait comment s'en occuper.

Environ une heure plus tard, un joyeux trio faisait irruption dans la maison: le papy, Étienne et Sophie. Les enfants en riant, le grand-papa en bâillant!

— L'endormitoire me prend tout à coup..., murmura-t-il en empruntant une de ces expressions qui faisaient sourire les enfants. Je pense que je vais m'étendre un peu en attendant le retour de votre mère... Occupez-vous sagement pendant ce temps.

— Bien sûr, papy. Ne t'en fais pas.

Remplis de sollicitude, les enfants aidèrent même leur grand-père à s'installer sur le canapé du salon, Étienne lui prêtant son oreiller, Sophie le couvrant de sa douillette à fleurs.

Cinq minutes plus tard, le vieux monsieur ronflait à faire lever le plafond, au nez des enfants qui trouvaient tout cela du plus grand comique.

Étienne voulut alors profiter du temps qu'il lui restait avant le retour de ses parents pour mettre à exécution un projet qu'il caressait depuis très longtemps.

Vingt minutes plus tard, M. Loiseau, qui avait décidé de rentrer plus tôt, et Mme Loiseau, le bec taché d'une moustache de crème glacée, se rencontraient sur le perron de la maison. Ils entendirent bien les ronflements sonores du grand-papa en entrant, mais aucun signe de vie des enfants. Un peu surpris, ils se mirent alors à leur recherche.

Ils les découvrirent à l'étage, dans la salle de bains : Sophie, assise sur un banc, un drap sur les épaules et de la mousse à barbe plein la tête ; Étienne, le rasoir de son père à la main, tout occupé à faire disparaître les cheveux de sa sœur.

— Je vous ai préparé une belle surprise! expliqua-t-il, très content de lui. Une belle coupe de cheveux, avec shampooing et tout! Gratuit, en plus!

Commotion dans la maison!

Bien sûr, lorsque M. et Mme Loiseau retrouvèrent l'usage de la parole, ils envoyèrent leur fils en pénitence dans sa chambre. Privé de souper! Ça lui apprendra à jouer au barbier!

Vous voyez comme j'avais raison? Qui donc a commis un mauvais coup? C'est la faute à qui, cette grosse bêtise? Encore une fois, je vous le dis, c'est la faute au petit!

Bon, d'accord... il se trouvera certaines personnes pour prétendre que, si le papy avait été à son affaire, s'il avait veillé sur les enfants au lieu de s'endormir, rien de tout cela ne serait arrivé. Mais comment lui tenir rigueur, à son âge, d'une si petite faiblesse?

La mère aussi, à ce titre, aurait peut-être des reproches à s'adresser. Après tout, si elle n'avait pas passé toute la journée à manger, elle serait rentrée à l'heure pour s'occuper de ses enfants et les surveiller. Au fond, elle est simplement un peu gourmande, et on peut bien lui pardonner de s'être un peu laissé aller...

Quant à M. Loiseau, il serait bien indécent de le blâmer pour avoir laissé traîner son rasoir et son blaireau! Il était parti tellement vite, ce matin-là! D'ailleurs, comment en vouloir à un homme innocent, qui part travailler avec deux chaussures de couleurs différentes?

En terminant, ayons une pensée charitable pour le pauvre Émilien Lacasse, qui a (encore) perdu ses clés! Bien sûr, c'est un peu sa faute si M. Loiseau s'est tellement dépêché. Mais comment le tenir responsable de quelque chose d'aussi grave, lui qui est tellement distrait, malchanceux, gaffeur même?

Non, vraiment, M. et Mme Loiseau devaient sévir et enfermer le coupable. Et, au fond, si Étienne est le seul à avoir été puni, c'est qu'il est le seul à avoir fait une grosse bêtise!

LE VAMPIRE

de
Diane Groulx

Espiègle, Alec profite de la naïveté de son petit frère et lui en fait voir de toutes les couleurs! *Le vampire* n'est qu'une de ses nombreuses manigances.

Cette complicité entre frères, l'auteure ne l'a jamais vécue, étant enfant unique. Elle a imaginé l'univers d'Alec et de Félix-Antoine en pensant à ses enfants et en souhaitant qu'eux aussi se jouent des tours... par amour!

Comme le temps passe vite ! Il me semble qu'hier encore, je n'étais qu'un enfant. Moi, Félix-Antoine, je suis devenu un adulte, un être raisonnable et responsable. J'ai aujourd'hui plus de trente ans. Les rideaux sont ouverts. Seule la respiration profonde et régulière de mon aîné qui dort brise le silence. Il fait nuit noire et je berce dans mes bras notre dernier-né que ma conjointe vient d'allaiter. Cette petite boule de vie est repue et dort maintenant, elle aussi, à poings fermés. Je ne veux pas la déposer dans son berceau, pas encore. Je suis trop bien.

Soudain, le nuage se tasse et laisse apparaître la lune. Une belle grosse lune ronde, blanche et étincelante, qui éclaire mon petit bébé. Son visage serein me remplit de quiétude et de bonheur. Je désire faire durer ce moment.

Je me demande quelle vie l'attend… Sûrement une vie remplie de joie et de surprises, comme l'a été la mienne jusqu'ici.

Comment s'entendra-t-il avec son grand frère qui est couché dans le lit voisin ? Ça me fait penser à Alec, mon aîné de quatre ans. Lorsque nous étions petits, il m'en a fait voir de toutes les couleurs ! Aujourd'hui, nous sommes les meilleurs amis du monde.

Tout à coup, la lune m'éblouit de nouveau et je me souviens…

o

Nous habitions à la campagne, sur une fermette, avec veaux, vaches, cochons et couvée. La maison était située au bout d'un rang, dans un village qui ressemblait à tous les autres. Mon frère Alec et moi, nous nous sentions libres comme l'air. Nous passions nos journées à arpenter les chemins de terre sur nos montures d'acier (nos bicyclettes, si vous préférez).

Le jour se couchait toujours trop tôt à mon goût. Quand on est enfant, on a tant de choses à faire, tant de jeux à découvrir, tant de coins à explorer…

Pendant les vacances, certains soirs, mes parents nous laissaient veiller, parfois même jusqu'à minuit. Mon père faisait un grand feu de joie dans la clairière, et on sortait les guimauves. Quelques voisins et amis se joignaient à nous. C'était une vraie fête, un hymne à l'été.

Guitare à la main, ma mère entonnait une chanson, puis une deuxième et une troisième. Elle s'arrêtait à peine pour reprendre son souffle. Nous l'accompagnions en chantant avec entrain. Tout notre répertoire y passait.

Lorsque le temps venait de manger les guimauves, mon frère Alec, alors âgé de douze ans, se proposait toujours pour trouver de longues branches de bois effilées pour les invités de la fête. Il m'entraînait avec lui. J'étais terrifié à l'idée de me promener dans le noir, mais j'essayais de ne pas trop le faire voir.

Ce soir-là, j'avançai lentement dans la pénombre. Mon frère fit exprès de s'éloigner rapidement de la lueur du feu.

— Viens, poltron, j'ai vu de belles branches mortes par là.

Et il disparut rapidement de ma vue.

— Alec, Alec, où es-tu?

Je m'efforçai de ne pas paniquer. Soudain, un craquement sec me fit sursauter. Je sentis mon cœur battre à tout rompre dans ma poitrine.

— Alec, c'est toi?

C'était plus fort que moi, ma voix devint toute chevrotante. C'est alors que, venant de nulle part, je vis une masse survoler ma tête.

Je me sauvai en hurlant d'épouvante.

— AHHHH!!!

Mon frère eut grand-peine à me rattraper. J'avais tellement peur que mes dents claquaient et que mes lèvres tremblaient de manière incontrôlable.

— C'était une chauve-souris, dit-il pour me rassurer.

Me rassurer? Maintenant, mes genoux s'entrechoquaient. Je l'avais échappé belle. La chauve-souris aurait pu s'accrocher à mes cheveux et sucer mon sang, comme un vampire.

— Qu'est-ce qui te fait si peur? me demanda mon frère.

Un peu plus et on aurait dit que ma peur l'émouvait. Je verbalisai alors toute mon angoisse. Alec me sourit et me prit par la main. Il avait ramassé suffisamment de bâtons pour tout le monde. Nous sommes retournés au feu de camp.

○

La semaine suivante, nous nous trouvions encore une fois autour du feu. Après quelques chansons, Alec s'est excusé, il devait aller soulager sa vessie.

— Fais vite, on va bientôt manger les guimauves, lui précisa mon père.

Comme Alec tardait à revenir, mon père m'a proposé :

— Félix-Antoine, tu es capable d'aller nous chercher des bâtons pour la guimauve ?

— C'est un grand garçon, bien sûr qu'il en est capable, renchérit mon grand-père, pipe à la bouche.

Comment dire non ? Mon aïeul m'avait enlevé toutes mes munitions. Je m'éloignai doucement du feu, le regard au sol, en traînant les pieds. Je dus m'éloigner plus que je ne le souhaitais pour trouver des branches mortes et je me retrouvai bientôt près de l'endroit où j'avais vu la chauve-souris.

Soudain, un craquement sec me fit sursauter. Cette fois-ci, je ne pris aucune chance. Je me jetai par terre en tenant ma casquette à deux mains. Un courant d'air me fit lever la tête.

J'étais cloué d'effroi. Aucun son ne sortit de ma bouche, pourtant grande ouverte. J'avais l'impression que le cœur allait me sortir de la poitrine tellement il battait fort. Devant moi se tenait la plus terrifiante des créatures. Cape noire au dos, elle tournait autour de moi, sa proie. Une odeur d'assouplissant me chatouilla les narines.

Même les vampires ont un souci de propreté !

Puis son visage s'éclaira. Sa peau était d'une blancheur cadavérique. Ses énormes canines brillaient sous la lueur de la pleine lune.

Une force insoupçonnée m'a alors fait bondir sur mes pieds. Ma promptitude surprit la créature d'outre-tombe. Je réfléchissais à la vitesse de la lumière. Je n'avais qu'une pensée : sauver Alec ! Le vampire avait dû l'attaquer, voilà pourquoi il n'était pas revenu plus vite au feu de camp.

Alors, je plaçai les mains devant moi, m'en servant comme d'un bouclier. Je criai de toutes mes forces en fonçant droit sur le vampire.

Stupéfaite, la créature tomba par terre, sur des plants de bardanes, dont les fruits piquants s'accrochèrent à ses vêtements. Je l'entendis gémir de douleur et j'en profitai pour me sauver. Alarmés, mon père et mon grand-père arrivèrent à ma rescousse.

— Que se passe-t-il, Félix-Antoine ? On t'a entendu crier.

La voix de mon père était inquiète. J'étais essoufflé. Mes paroles se bousculaient à l'entrée de ma bouche. Mon discours était incompréhensible. Je tremblais comme une feuille.

Au bout d'une ou deux minutes, d'autres pas s'approchèrent, venant de la forêt. Je craignais le pire. Je me cachai le visage contre la poitrine de mon père.

— Je rapporte des bâtons, s'exclama Alec, triomphant.

Alec, mon frère, était sain et sauf. J'étais si soulagé que je m'effondrai en larmes, dans les bras de mon père. Il me ramena auprès du feu.

On fit griller des guimauves, mais l'émotion m'avait littéralement coupé l'appétit. Je regardais mon grand frère. Il était en pleine forme et, fidèle à son habitude, il faisait le pitre. Il ne se doutait pas un instant qu'il l'avait échappé belle.

Puis il vint s'asseoir près de moi et m'offrit une guimauve brunie par la chaleur du feu. Je lui fis signe que je n'en voulais pas. Il haussa les épaules et la goba tout entière.

À ce moment précis, quelqu'un l'interpella. Il tourna la tête en direction opposée. Je vis alors son dos. Je remarquai, sur son chandail en coton ouaté, quelques piquants de bardanes. Puis les flammes éclairèrent son cou.

Je tressaillis, j'avais la chair de poule. Telles des traces de crocs, deux taches rouges, bien distinctes, étaient visibles sur sa peau…

○

Quand j'y repense : mon frère Alec, quel numéro ! J'étais si naïf à l'époque.

Fabrice et Adrien se joueront-ils des tours aussi pendables ?

L'avenir nous le dira…

En attendant, je dépose à contrecœur mon poupon tout chaud dans son berceau.

Je me penche ensuite vers mon aîné et lui murmure à l'oreille :

« Amusez-vous bien tous les deux ! J'y veillerai, et si vous êtes à court d'idées, je vous raconterai mes souvenirs d'enfance ! Vous ne vous ennuierez pas, c'est promis ! »

Sous son oreiller, je lui glisse une paire de dents en plastique, retrouvée jadis sous le lit de mon frère Alec : de faux crocs de vampire…

LA GANG DES FOULARDS BLEUS

de
Michel Lavoie

Enseignant au secondaire depuis une trentaine d'années, je croyais avoir tout vu et tout entendu de la part des jeunes. À tort, comme je l'ai constaté au début de l'année scolaire. Une nouvelle gang avait vu le jour à mon école : la gang des Foulards bleus. Alors que les filles portaient le fameux emblème sur la tête, les garçons le laissaient flotter à la ceinture de leurs jeans. De jour en jour, la gang grandissait, tout en maintenant le secret absolu sur ses activités, qui suscitaient une curiosité galopante, des soupçons, des doutes, puis l'indifférence, si bien que personne n'a vraiment compris cet engouement maintenant éteint. Personne, à l'exception de l'écrivain en moi, qui refusait obstinément de lâcher prise. J'ai donc ouvert les vannes de mon imaginaire et je vous présente l'avenue qu'il a choisie en catimini, presque un mauvais coup.

Novembre 2000

La nuit s'enlisait dans un brouillard opaque. La rue déserte expurgeait ses odeurs de la journée, faites de restes de pizza pourrissant au fond d'un conteneur, d'un chat écrabouillé sur le bord d'un trottoir et de bouteilles de bière pissant leurs dernières gouttelettes.

Seule dans le petit parc, Élise piétinait le sol jonché de feuilles mortes. Dans sa tête se battaient des joies et des peurs. Pourquoi avait-elle accepté de se pointer là, en pleine noirceur, aux confins du défi et de l'abîme? Pourquoi avait-elle traversé à pied un quartier où jamais auparavant elle n'avait osé s'aventurer, même accompagnée de ses parents? Pourquoi avait-elle fui sa maison si chaude, si sécurisante, pour s'enfoncer dans un monde qui, maintenant, lui arrachait des crampes à l'estomac, épandait des sueurs sur tout son corps?

Pourquoi avait-elle voulu grandir si vite?

Soudain, une lueur, des phares d'auto, un moteur agonisant qui déchirait le temps et l'espace. Élise se blottit contre le mur crasseux d'un édifice en ruine, se fit toute petite, se rendit invisible.

Et si c'était eux ?

Déception. La voiture s'éloigna dans un crachat de fumée bleutée, la plongeant de nouveau dans un bain de silence.

o

3 heures 32

Le rendez-vous avait été fixé à trois heures pile. Aucun retard ne serait toléré, lui avait-on signifié dans la lettre. Même pas une minute, sinon… Un pépin, peut-être ! Ou lui auraient-ils faussé compagnie ? Ou pire, auraient-ils été interceptés par des policiers et incarcérés en attente de leur procès ? S'il fallait qu'un pareil malheur s'abatte sur elle et que ses parents doivent venir la cueillir dans une cellule, comme une vulgaire criminelle, comme une pestiférée, ce serait la catastrophe… et plus encore.

Cette pensée lui glaça le sang dans les veines, puis la fit ricaner. Son rire saccadé monta dans le brouillard, dissipa quelque peu ses angoisses. Quelle idiote elle était !

Aïe! Elle venait tout juste d'avoir treize ans, précisément cette journée-là, un 13 novembre. Élise avait beau être un tantinet superstitieuse, il ne fallait pas virer sur le toit à cause d'une banale coïncidence. Quand même, se dit-elle, il y a de ces hasards qui titillent l'imaginaire, torpillent les sourires et étalent des soupçons sur la conscience. Mais il y avait aussi, et surtout, son rêve. Qui l'avait empoignée par les tripes. Qui s'était enraciné au plus profond de son cœur. Qui l'avait tenue éveillée des heures durant, à prier, à supplier, à espérer de toutes les fibres de son être qu'elle allait réussir, qu'elle allait faire partie de la seule gang digne de ce nom :

LA GANG DES FOULARDS BLEUS.

Combien de fois l'année précédente, alors qu'elle était en sixième année, s'était-elle laissée hypnotiser par ces gars et ces filles qui arboraient l'emblème suprême. De sa cour d'école située juste en face de la polyvalente, elle les épiait souvent, les yeux arrondis d'envie, le cœur battant la chamade. Elle admirait leur démarche, leur sang-froid et cette façon qu'ils avaient d'aborder les autres comme s'ils étaient les maîtres de la planète. Et on ne résistait aucunement à leurs avances. Tout se passait en douceur, selon des gestes rapides, programmés avec minutie, presque un tour de magie à la Houdini.

Mais à quoi s'adonnait-elle au juste, cette gang ? Élise avait essayé de percer son mystère, mais la loi du secret prédominait. On faisait la sourde oreille à ses questions, ce qui quintuplait sa curiosité.

Alors, par un après-midi pluvieux d'automne, exaspérée, à la frontière du découragement, elle prit en filature un membre du groupe. Elle glissait sur le pavé plus qu'elle ne marchait, respirant avec peine tant le moment lui semblait crucial. Le jour de vérité était enfin arrivé, et elle n'allait sûrement pas rater son coup. Elle enclenchait ainsi la première étape de son intégration au groupe.

Dans son esprit se déroulait au ralenti un film rempli d'images à lui couper le souffle, à l'éblouir. Des images de liberté, de refus de l'obéissance aveugle, de contestation du pouvoir. Ces mots galvaudés par les adultes, elle les chérissait depuis des lunes. Des mots du secondaire, vivifiants, révélateurs du mal de vivre des jeunes de l'an 2000. Des mots qu'elle faisait siens et qui devaient la guider vers un monde meilleur, respectueux de son identité.

Vers la gang…

Tout à coup, le garçon qu'elle suivait s'immobilisa. Anxieux, il regarda à gauche, à droite, puis s'engagea dans une ruelle, marchant d'un pas alerte, ce qui obligea sa poursuivante à accélérer la cadence. Quelques secondes plus tard, elle l'avait vu disparaître par une porte qui donnait sur un cinéma abandonné. Elle s'en approcha furtivement, puis attendit…

○

3 heures 40

Un frisson lui parcourut l'échine, puis s'incrusta entre les omoplates. Elle se secoua vivement pour s'en débarrasser, mais, peine perdue, il se montrait tenace, l'assaillait presque. C'était plus un frisson d'inquiétude que de froid, presque une ondée de terreur dans l'antichambre de la panique.

La nuit s'étirait et, au fil des minutes, le parc lui semblait de plus en plus austère, glacial. Le cimetière de sa jeunesse. Les branches d'un gros chêne devenaient de longs tentacules prêts à la broyer. Un écureuil noir se transformait en vampire. Au loin, le cri des outardes ressemblait à des pleurs d'enfants abandonnés.

Élise ferma les yeux et s'imagina de retour dans sa maison, dans sa chambre douillette. Elle s'emmitouflait sous les couvertures, bercée par une chanson fredonnée par sa mère. Des odeurs de lavande et de feuilles d'eucalyptus flottaient dans l'air, mêlées à celle d'un gâteau fraîchement sorti du four. Elle se saoulait d'une vie toute simple, d'un bonheur lancé à la mer dans une bouteille scellée, au plaisir des rencontres, au hasard des étincelles de nouvelles découvertes. Un bonheur immunisé aux intempéries.

Bing! Elle sursauta. Fixa l'orée du parc, plus loin, au fond de l'obscurité. Trembla. Vacilla. Et comprit que son rêve l'avait rattrapée. Elle arrivait à destination. Le temps était venu de toucher la réalité, de rendre des comptes à ses désirs.

Le mauvais coup!

Dans quelques secondes, dans quelques soupirs, elle devrait s'exécuter. Pour vrai. Elle devrait plonger dans la délinquance. Pour vrai. Elle devrait pourfendre son éducation, les valeurs de ses parents et de ses enseignants. Pour vrai.

Élise attendit…

Et le jeune garçon sortit de l'édifice par l'arrière sans qu'elle ne le vît. Il s'approcha d'elle sur la pointe des pieds, lui mit une main sur l'épaule et, au moment où elle se retourna, en proie à une vive surprise, il lui murmura en souriant :

— Un mauvais coup. C'est aussi simple que ça. Tu dois faire un mauvais coup et tu deviendras membre à part entière des Foulards bleus. C'est moi le chef, et je te le promets.

Élise restait bouche bée. Les yeux rieurs du garçon se moquaient d'elle. Mais elle était tellement subjuguée qu'elle ne put que balbutier :

— D'accord… le plus tôt possible.

Satisfait, le garçon s'éloigna en lui lançant :

— Garde l'œil ouvert. On va te contacter… le plus tôt possible, ajouta-t-il avec un sourire qui fit voler des papillons dans le cœur d'Élise.

Elle courut jusqu'à la maison, sauta sur le téléphone et composa le numéro de Maryse, sa meilleure amie. Le téléphone ne dérougit pas de la soirée. Quelques heures plus tard, épuisée mais heureuse, elle raccrocha le combiné. Un flot d'adrénaline coulait dans ses veines. Elle alla se coucher et sombra rapidement dans un sommeil trouble, où des centaines de foulards bleus s'agitaient dans une danse folle sous les applaudissements de ses parents qui la félicitaient de son courage. En observant attentivement l'un des foulards qui s'était posé sur sa main, elle tressaillit. Un filet de sang maculait le bord du tissu. Comme un mauvais présage. Comme une laideur sur son beau rêve. D'un geste vif, elle saisit le foulard, le déchiqueta avec hargne, puis en éparpilla les morceaux dans une mare de boue.

Au petit matin, elle s'éveilla dans son nouveau monde, déjeuna en vitesse et se rendit à l'école en sautillant de joie. À la vue de son casier, elle se figea. Une enveloppe bleue dépassait au bas de la porte. Déjà! Le chef de la gang avait tenu promesse. «On va te contacter le plus tôt possible», lui avait-il dit. Il devait avoir hâte de la compter parmi les Foulards bleus.

Élise prit son temps pour ramasser l'enveloppe. Dorénavant, elle voulait goûter chaque parcelle de son rêve, lui conférer une authenticité mur à mur. Elle ouvrit la missive et se délecta des quelques mots peints en rouge :

Cette nuit. Parc Riel,
3 heures pile, sinon...
Initiation. Mauvais coup.

Elle déposa un baiser sur la lettre, puis la pressa sur son cœur. Les Foulards bleus ! Enfin ! Pour toujours ! Elle parvenait à l'orée de son idéal et ni rien ni personne ne pourraient lui obstruer la voie au bonheur.

Cette nuit, du parc Riel, des étoiles viendraient scintiller dans son âme.

o

3 heures 52

Une silhouette se dessina dans l'obscurité, avança lentement, portée sur un nuage. Sûrement le chef de la gang. Élise lui pardonnait son retard. Peut-être avait-il fait exprès ? Pour amplifier son désir ou, ultime précaution, pour s'assurer de ses véritables intentions ? N'entrait pas qui voulait dans la gang des Foulards bleus. Il l'avait choisie parce qu'il avait senti à quel point elle aspirait à être l'une des leurs.

L'adolescente plissa les yeux pour tenter d'identifier l'arrivant. Celui-ci s'arrêta à distance. Contrairement à la jeune fille qui se tenait debout sous un réverbère, il pouvait se dissimuler jusqu'à la dernière seconde.

Soudain, un vent frisquet se leva. Un vent d'automne, humide, pénétrant, revigorant les sens. Une étrange sensation envahit Élise, lui fit craindre le pire. Et si elle était tombée dans un piège, dans une embuscade? Quelle était donc naïve! Après tout, que savait-elle de cette gang? Était-ce des vendeurs de drogue? Des écervelés qui taxaient les plus jeunes? Des bandits recrutés par des criminels sans scrupules?

Des partisans des Hell's?

D'horribles pensées l'assaillirent de toutes parts. Décidément, elle était la plus idiote des connes que la terre n'ait jamais portée! Du coup, son admiration, plutôt son idolâtrie, s'estompa au profit de la dure réalité: elle s'était laisser embourber dans un rêve mirobolant, qui pourrait se métamorphoser en affreux cauchemar. Et elle en comprit la raison sans même y réfléchir longtemps. L'explication lui vint dans un flash, comme toutes les horreurs qu'on refuse d'accepter et qu'on enfouit au plus creux de sa conscience. Ces atrocités, on préfère les entasser dans le coin des mensonges, les oublier avant d'être écrasé par leur poids. Mais elles finissent toujours par réapparaître à l'instant où l'on s'y attend le moins. Alors, elles sont plus terribles, plus déchirantes parce que plus vraies.

Élise avait voulu s'intégrer à la gang pour fuir ses tristesses, sa solitude, son ennui, ses échecs scolaires. Élise avait voulu se façonner un nouvel univers, peint de couleurs vives, imbibé de tendresse, d'amitié. Élise avait cru trouver sa niche chez les Foulards bleus. Et, maintenant, Élise craignait de souffrir.

De mourir !

L'inconnu se remit à marcher d'un pas pesant, écrasant les feuilles sur son passage, faisant craquer des branchettes mortes dans un vacarme suspect. Élise était piégée. Elle sentait les battements dans sa poitrine. Cela devenait insoutenable. Il fallait que sa tourmente finisse. Elle pensa à son rêve de la nuit précédente. Au filet de sang sur le foulard.

Du même coup, tous ses problèmes remontèrent à sa mémoire, formant une gigantesque boule de douleur dans sa gorge. Elle ferma les yeux, se pencha et tenta de vomir son mal de vivre. Mais la boule restait bloquée dans sa misère, risquait de l'étouffer. Soudain, une voix moqueuse l'extirpa de son enfer :

— Un mauvais coup, Élise. Juste un mauvais coup.

Élise rouvrit les yeux, chancelante. Cette voix ! Elle la reconnaissait comme si c'était sa propre voix. Son cri perça la nuit :

— Maryse !

Son amie la regardait, des éclairs de plaisir dansant sur toute la surface de son corps. Elle rayonnait d'une victoire dont le sens échappait à Élise, qui dut se secouer pour parler :

— Qu'est-ce que tu fais ici ? Qui t'as mis au courant de ma présence dans le parc ?

Elle se tut, réfléchit, puis une lumière s'alluma dans sa tête :

— Tu fais partie de la gang des Foulards bleus !

Maryse laissa échapper un rire satanique.

— Maintenant, oui ! Pauvre Élise ! Tu n'aurais jamais dû me téléphoner, l'autre soir. Tu m'as rendue tellement jalouse que j'ai décidé de tenter ma chance, moi aussi. Quand j'ai rencontré le chef avant ton arrivée à l'école, il m'a dit qu'il n'y avait qu'une place disponible dans leur groupe. J'ai tout de suite planifié mon stratagème. Un mauvais coup, m'a-t-il ordonné. Un coup original, pas dangereux du tout, qui désarme la victime, la fait rager pendant des heures. Une lettre dans ton casier, et le tour était joué. Génial, n'est-ce pas ? Tu pourrais me féliciter !

Élise ne savait plus quoi faire. De sombres pensées lui traversèrent les méninges, mais elle les éloigna rapidement. La vengeance ne ferait qu'amplifier son mal de vivre.

Son rêve anéanti. Trompée par sa meilleure amie, toujours embourbée dans ses angoisses, elle ne trouvait pas la force de contre-attaquer. Il ne lui restait plus qu'à retourner à la maison, à sa petite vie sclérosée, à ses rêves sans lendemain. Elle murmura dans un soupir :

— Tu as gagné, Maryse. Je devrais t'en vouloir, mais tu es encore mon amie... si tu le veux.

Une larme coula sur sa joue et elle s'avança vers Maryse pour lui donner l'accolade, puis s'immobilisa, des éclairs dans les yeux. Elle la fixa durement, si bien que l'arrogance de Maryse fondit d'un seul coup. Elle inclina la tête en signe de défaite.

Alors, Élise se retourna et s'éloigna en se dandinant. Juste avant de disparaître du champ de vision de Maryse, qui la suivait du regard, elle sortit de sa poche un foulard et le plaça dignement sur sa tête.

Bien entendu, le foulard était bleu...

ENTRE LA MÉMOIRE ET L'IMAGINAIRE

de
Sophie-Luce Morin

«Quand j'ai lu cette petite histoire à ma mère, elle s'est presque étouffée de rire. Elle me connaît bien. Je n'ai pas changé : j'ai encore l'imagination très fertile… Mes souvenirs ont tendance à se mêler à mes désirs. J'amplifie certains détails, je laisse certains autres de côté. Tu vois un peu ? Ainsi s'est écrit ce texte, mettant en scène une mère qui ne cuisine à ses pauvres enfants que de la béchamel et qui passe ses grandes journées à laver, à découdre, à recoudre, à tout faire avec rien… et une petite fille intelligente et loquace – moi-même – qui prend tous les moyens pour défier l'autorité. L'important n'est pas tant de dire vrai quand on écrit, mais de faire vraisemblable.

«Je dédie cet écrit à mon héros, mon père, le plus grand, le plus beau, le plus fort, qui s'est enlevé la vie le 27 mai 1999. Et qui me manque tellement. »

J'ai retrouvé, inséré entre les pages d'un bouquin, un billet de un dollar de 1965. C'est un dollar comme il ne s'en fait plus, en papier, avec la tête de la reine d'Angleterre imprimée dessus. Je me rappelle avoir déjà remarqué que la malheureuse ne souriait même pas, et en avoir conclu qu'avec la tête coupée, cela lui aurait été très difficile !

Vous le voyez bien : il suffit que je tienne ce billet entre mes doigts, que je le regarde attentivement, que je respire ses odeurs pour qu'il me chuchote une histoire du temps des gilets crochetés en phentex et des pantalons stretchés. Une histoire qui se passe à Baie-Comeau, mon pays de barrages électriques et de parkings de roulottes ; mon pays des longs hivers et des souffleuses à neige, que je prenais, à une époque où je n'étais pas bien grande, pour des monstres friands de chair tendre.

○

Notre famille était pauvre. Pauvre à ne boire que du lait en poudre. À ne mettre sur le pain que de la margarine, dont la couleur et le goût étaient plutôt louches. Moi, c'est du beurre que je voulais. Comme celui que ma grand-mère Alexia nous servait. Malheureusement, je n'y avais droit que rarement : plus de sept cents kilomètres nous séparaient de chez elle !

Ma famille pauvre n'avait pas davantage les moyens de servir de la viande, ne serait-ce que du bœuf haché « ordinaire », plus d'une fois par semaine. Ma mère s'évertuait donc, pour varier les menus, à nous cuisiner, avec du lait en poudre, de la béchamel à toutes les sauces : aux petits pois verts, aux haricots jaunes, aux haricots verts, au maïs, et au saumon aussi, parfois. Cette sauce nappait des pommes de terre pilées ou en morceaux ou sautées dans la poêle. On mangeait des fèves au lard, qui faisaient péter, le samedi soir, et du spaghetti, après la messe de onze heures, le dimanche.

Je vivais dans une famille pauvre, à n'avoir pour toute garde-robe qu'une seule robe, confectionnée à partir de retailles de vieux vêtements ; qu'un seul pantalon, qui s'agençait avec un seul cardigan. Ainsi, chaque soir, ma mère lavait nos vêtements pour entretenir l'illusion que nous en avions plein les tiroirs. C'est elle-même, un jour, qui m'a confié ce petit secret, et bien d'autres encore. J'ai alors compris que l'amour des parents pour leurs enfants se manifeste bien souvent, et peut-être là plus qu'ailleurs, dans ces petits gestes qui passent absolument inaperçus.

Je vivais dans une famille pauvre, et plus je grandissais, plus je me rendais bien compte de notre condition «de sauce béchamel au lait en poudre». Heureusement, j'avais l'imagination fertile. Je me suis mise à rêver, et ça n'a plus jamais cessé.

○

Si je vous disais que mon père était le plus beau, le plus gentil, le plus généreux et le plus intelligent. Si je vous disais qu'il était le plus grand, le plus fort. Qu'il était capable de réparer un grille-pain autant que de me raconter des histoires, et que, de ce simple fait, j'en avais déduit que je pouvais toujours compter sur lui, vous n'en seriez pas étonné, n'est-ce pas? Mon père était mon héros, et mon statut d'aînée me conférait quelques petits privilèges qui m'amenaient à profiter de sa présence plus souvent que les autres.

Par exemple, il m'était permis de regarder à la télévision, le mardi soir, *Rue des pignons* et *Moi et l'Autre*, quand mes frères et sœurs étaient endormis. C'est moi qui l'accompagnais à la messe du dimanche, ma petite main accrochée dans la sienne. C'est moi qui poussais le panier quand nous allions, tous les deux, faire l'épicerie du jeudi soir. Et j'ai longtemps été la seule à posséder un compte à la Caisse populaire Desjardins du quartier, qui grossissait selon nos moyens financiers, c'est-à-dire très lentement, à coups de cinq, de dix ou, exceptionnellement, de vingt-cinq sous. Dans quelques années, je serais riche, me disais-je innocemment. J'allais pouvoir acheter tous les magasins de jouets et de bonbons de la planète. Après quelque deux ans passés à économiser, j'avais déjà amassé deux dollars et quarante-cinq sous. Mon projet allait donc bon train.

Un jour, je m'absentai de la classe pour aller aux toilettes. J'avais développé cette manie pendant les cours de mathématiques. Il faut dire que j'entretenais des idées bien arrêtées en ce qui concernait les petits jeux de réglettes qu'on comptait et qu'on plaçait ensuite dans des ronds pour faire des ensemble. Dans la mesure où les réglettes et les ensembles qu'elles formaient ne m'étaient d'aucun secours pour acheter des friandises au dépanneur, je ne voyais pas l'utilité d'en apprendre les savants rudiments.

C'est en revenant de mon périple-pipi que je trouvai, dans le corridor, tout près de la porte de ma classe, ce beau billet de un dollar. Un cadeau du ciel qui avait sans doute à voir avec le trèfle porte-bonheur à quatre feuilles que j'avais trouvé durant l'été. Et que j'avais soigneusement gardé dans ma boîte aux trésors, avec mes cailloux qui brillaient comme des diamants, mes dents de lait et d'autres précieux objets aux pouvoirs obscurs. Ainsi, d'un coup, comme par magie, ma fortune allait prendre des proportions inespérées !

Même si les corridors étaient déserts, je surveillai que personne ne me voie. Je pris le billet dans ma main, le pliai en deux et, mine de rien, je le mis dans la poche de mon pantalon. Du reste de la journée, je n'ai plus pensé qu'à cet argent. Du reste des longues heures que je devais encore passer à l'école, je me suis retenue de ne divulguer mon secret à personne. J'ai même été jusqu'à penser que le lendemain, au même endroit, à la même heure, se trouverait peut-être un autre billet ; peut-être même un billet de deux dollars, cette fois. On ne sait jamais, avec les trèfles à quatre feuilles...

116

Enfin, la cloche annonçant la fin de la journée finit par sonner. Je ramassai mes livres, mon sac, et, sans attendre mes amis, je courus jusque chez moi pour répandre la bonne nouvelle : «J'ai trouvé un dollar, je suis riche, j'ai trouvé un dollar ! Entendez-vous ça, tout le monde : je suis riche ! » criais-je en sautillant d'une pièce à l'autre, comme si j'avais avalé une grenouille.

Or ma joie ne dura pas longtemps. Mon père, en plus d'être le plus beau, le plus gentil, le plus grand, le plus fort, avait également des principes, avec lesquels je n'étais pas toujours d'accord, bien entendu. Il m'a dit, sur son ton de père juste et bon : «Il faudrait, ma puce, que tu redonnes le billet de un dollar à qui l'a perdu. Quelqu'un, quelque part, a besoin de cet argent.» Blanche d'étonnement et rouge de colère, j'ai tourné les talons. Qui, sinon moi, manquait le plus de cet argent ? Il allait lui pousser des crocs, des griffes, à la puce ! Elle allait rugir, la puce, comme une lionne qui veut protéger ses petits !

Évidemment, ce soir-là, j'eus peine à m'abandonner au sommeil. Je n'arrêtais pas de remâcher mes idées noires de petite fille injustement traitée. Et plus le temps filait, plus l'idée de remettre ma fortune m'apparaissait tout à fait inconcevable. Je me suis finalement endormie, avec la ferme conviction que ce billet n'appartenait à personne d'autre qu'à moi, et que je trouverais le moyen d'en convaincre mon père. A-t-on déjà vu un explorateur se mettre à la recherche du propriétaire du coffre aux trésors qu'il vient de déterrer?

De toute la journée qui a suivi, je ne me rappelle que d'avoir ruminé dans ma tête ou griffonné sur tout ce qui me tombait sous la main, ce que j'allais dire à mon père. J'étais également habitée par la ferme conviction qu'il ne m'oublierait pas.

Quand le moment des aveux arriva, j'étais fin prête. «Puis, ma puce, as-tu trouvé à qui appartenait l'argent, et le lui as-tu remis?» questionna mon père. J'ai répondu, comme si de rien n'était: «Papa, ne t'en fais pas: la personne à qui revenait le billet l'a présentement entre les mains.» Je n'ai rien rajouté. Il a alors esquissé un petit sourire en coin. Un petit sourire complice, qui voulait dire – c'est du moins ce que je me plais encore à croire aujourd'hui – «comme je t'aime, ma petite puce maligne...»

De ce billet, nous n'avons donc jamais plus reparlé. Je l'ai gardé caché, en divers endroits secrets de ma chambre, de mes tiroirs; de ma bibliothèque, beaucoup plus tard.

Je ne suis toujours pas propriétaire d'un seul magasin de jouets ou de bonbons : ma richesse est ailleurs, entre la mémoire et l'imaginaire. Je remets donc ce billet là où je l'ai retrouvé, pour que son histoire continue de s'écrire.

LES MÉMOIRES D'UN « GADOUSIER »

de
Josée Ouimet

«Gadousiers» est le surnom donné par la grand-mère de mon mari à ses garçons, Raoul et Conrad, qui étaient plutôt «ratoureux». Ils n'avaient pas froid aux yeux, aimaient jouer des tours, mais n'avaient pas une once de méchanceté en eux.

Cette histoire nous ramène en 1934. En ce temps-là, il n'y avait pas de charrues qui déneigeaient les chemins de campagne. Il n'y avait pas non plus de supermarchés où l'on pouvait se procurer des pâtisseries et tous les aliments que l'on connaît aujourd'hui. Par contre, il y avait des laitiers, des boulangers, des charbonniers, des guenillous (vendeurs et ramasseurs de guenilles qui servaient à confectionner des tapis et des courtepointes), bref, tous ces gens qui allaient, de porte en porte, ou encore dans les marchés des villes, pour vendre leur marchandise.

Le boulanger de cette histoire était un de ceux-là.

J'ai treize ans. L'âge où on redécouvre plein de choses que l'on avait pourtant sous les yeux depuis belle lurette : les matins ensoleillés, le goût du bonheur et, surtout, le plaisir de vivre et de bien manger.

— Conrad ? Tu vas aller porter des galettes à la vieille madame Leblanc, me crie ma mère, affairée autour du poêle à bois dans lequel ronronne un feu rassurant.

Je lorgne vers la fenêtre de la cuisine. Un voile de neige opaque fait disparaître les paysages connus. Je lui demande, sceptique :

— Je dois sortir par un temps pareil ?

— Tu n'es pas fait en chocolat ! me répond-elle, un sourire au coin de ses lèvres roses. Tu ne fondras pas !

— Non, en effet ! Pas avec ce froid de canard !

Je jette un coup d'œil à la table où le couvert est déjà dressé.

— Je ne peux pas manger avant ?

J'aperçois alors mon frère cadet, Raoul, qui rentre du poulailler.

— Pourquoi ne demandez-vous pas à Raoul ? Il a déjà ses vêtements sur le dos, lui !

— Tiens ! C'est une bonne idée, rétorque notre mère sur le même ton. Vous n'avez qu'à y aller ensemble.

Raoul me lance un regard surpris tandis que je lui jette à la blague :

— À deux, on aura moins de chance de se perdre dans un banc de neige.

Sans plus attendre, j'enfile mon manteau aux manches trop courtes, la tuque et le foulard que ma mère a tricotés avec de la laine du pays, mes bottes aux semelles presque trouées et les mitaines que j'ai reçues en cadeau au dernier Noël.

J'ouvre la porte.

Pareil à un visiteur non désiré, un tourbillon de neige s'engouffre dans la petite cuisine, mouillant le plancher de lattes de bois ciré.

— Dépêchez-vous de fermer la porte ! s'écrie maman.

Nous obtempérons aussitôt. C'est avec regret que je quitte la chaleur de la maison où flotte une bonne odeur de pain chaud et de soupe aux pois.

Mon frère et moi avançons à grand-peine dans la neige qui nous monte jusqu'à mi-cuisse. Je me cache le visage pour protéger mes joues contre l'agression du vent.

Un vent qui siffle à nos oreilles et qui nous fait imaginer ce que pourrait être la fin du monde. Une fin du monde comme nous la prêche, tous les dimanches, le curé du village.

— Ohé !

Surpris, je m'arrête net de marcher. Je relève la tête et cherche, tant bien que mal à travers le brouillard de neige, à discerner d'où vient ce cri. J'interroge Raoul :

— Tu as entendu quelque chose ?

— Non !

Nous reprenons notre marche lente quand, tout à coup :

— Ohé ! Ohé !

— Cette fois, dis-je à mon frère, tu l'as sûrement entendu, toi aussi ?

— Oui, me répond-il, pas très sûr de lui.

— Qui cela peut-il être ?

Mon frère hausse les épaules en silence, signifiant ainsi son ignorance.

— Hooo… Héééé… À l'aide…

Cette fois, il n'y a plus aucun doute : quelqu'un est en péril. Je lève la tête, bravant le vent qui me gifle le visage et la neige qui me pique les yeux. Je pivote sur mes talons et place mes mains en visière.

C'est alors que j'aperçois une silhouette sombre tranchant sur le blanc immaculé.

— Hooo… Héééé… Par ici !

Un inconnu nous fait de grands signes avec les bras.

— Viens! dis-je à mon frère.

Nous nous hâtons vers lui. Au fur et à mesure que nous approchons, je distingue les formes d'un cheval attelé à une voiture. Ses pattes sont enlisées jusqu'aux jarrets. De ses nasaux s'élève une vapeur qui montre bien que l'animal essaie désespérément de se sortir de là.

— C'est la voiture du boulanger! s'écrie mon frère en reconnaissant M. Boudreault.

— Comme je suis content de vous voir ici, s'exclame ce dernier en arrivant à notre hauteur. Mon cheval s'est enlisé dans la neige et ma voiture est prise. Pouvez-vous m'aider à la dégager?

Je jette un coup d'œil vers la voiture. C'est une grosse structure de bois, reposant sur des patins de métal. Haute d'au moins la taille d'un homme, mais beaucoup moins large que longue. À voir les marques laissées dans la neige, elle doit être remplie de brioches, de beignes, de pains, de gâteaux, de sucreries et de friandises, enfin, de tout ce qui nous fait amèrement défaut à la maison. Il faut dire qu'avec ses treize enfants, les grands-parents paternels et toute la besogne ménagère, ma mère n'a pas beaucoup de temps à consacrer à la cuisine raffinée. Ni l'argent, non plus! Notre menu se résume bien souvent à du pain brun, des galettes de sarrasin, des patates bouillies accompagnées de gros lard ou de jambon, fumé à même le hangar. Même les œufs sont gardés pour la vente au marché.

Tout ce que renferme la voiture du boulanger est réservé à la clientèle aisée. Pas à de pauvres cultivateurs comme nous!

— On peut bien essayer!

— Je suggère que toi et ton frère, vous vous placiez à l'arrière de la voiture. Cramponnez-vous bien aux rebords et, quand vous serez prêts, vous me criez : «Wouche!» Ce sera pour moi le signal que je dois tirer sur le mors de mon cheval.

— D'accord!

Sans perdre une minute, Raoul et moi contournons la voiture qui a glissé sur le côté de la route enneigée. Nous nous approchons de l'unique porte, qui s'entrouvre sur une véritable caverne d'Ali Baba.

— Tu as vu? dis-je à mon frère en lui désignant du menton la porte entrouverte.

Celui-ci ose un regard vers les étagères fixées sur la cloison de la voiture.

— Génial! s'exclame-t-il. Il y a des beignes!

J'étire le cou et scrute à mon tour l'intérieur de la voiture du boulanger. Une bonne odeur de brioches à la cannelle, de beignes et de pâtisseries emplit mes narines. Je hume à pleins poumons en fermant les yeux.

— Mmmmmm!

— Alors, les gars? nous crie le boulanger. Êtes-vous prêts?

— Oui, oui! Presque! Attendez encore un peu, Raoul replace son foulard!... C'est le moment, dis-je alors à mon frère.

Devant le regard incrédule de mon cadet, j'enlève la mitaine de ma main droite que je passe dans l'entrebâillement de la porte. J'attrape un sac de papier brun, rempli de beignes dégoulinant de sirop. Je l'ouvre et...

— WOUCHE!!! crié-je aussitôt.

Au signal donné, M. Boudreault tire de toutes ses forces sur le mors du cheval. Je tends un beigne à Raoul qui s'en empare à deux mains avant de le manger avec avidité.

— WOUCHE!!! lancé-je pour la deuxième fois avant de mordre à belles dents dans mon premier beigne.

— WOUCHE!!! crie mon frère à son tour en engloutissant un second beigne.

Je délaisse soudain le sac de beignes et me dirige vers l'attelage où M. Boudreault, visiblement essoufflé, tente de calmer l'animal qui, lui aussi, semble très fatigué.

— Alors, lui dis-je, ça ne marche pas ?

— Il… il faudrait…, bredouille le pauvre homme, il faudrait peut-être… essayer de pousser un peu plus fort.

— Vous avez raison ! Je rejoins Raoul et on va donner tout ce que l'on peut.

— Est-ce qu'il s'est aperçu de quelque chose ? me demande mon frère quand j'arrive à ses côtés.

— Pas du tout !

— WOUCHE !!! s'écrie alors mon frère en riant de toutes ses dents.

En moins de dix minutes, nous engloutissons deux douzaines de beignes au sirop, entrecoupant notre collation de « WOUCHE ! » bien retentissants. Quand, enfin rassasiés, nous nous mettons réellement à la tâche, il ne nous faut que quelques secondes d'efforts soutenus pour que le boulanger soit en mesure de terminer sa tournée.

— Mer… ci, les gars…, dit en haletant M. Boudreault quand nous le retrouvons à l'avant de la voiture.

— Ce n'est rien, voyons, répliqué-je en souriant.

Le pauvre homme a l'air complètement épuisé. Une ligne rouge violacé marbre son front où brillent des perles de sueur. Il a peine à reprendre son souffle et s'appuie un moment contre la voiture.

— Je ne… sais pas ce… que je serais… devenu… sans vous, mes gar… çons, marmonne-t-il d'une voix entrecoupée.

Il sort de sa poche un grand mouchoir avec lequel il éponge son front en nage.

— Ce n'est rien !

— On a fait notre bonne action de la journée. Notre mère va être contente quand on va lui raconter, réplique Raoul.

Il me fait un clin d'œil complice.

— Venez par ici, je veux vous récompenser, dit alors le boulanger en se dirigeant vers l'arrière du véhicule.

C'est avec beaucoup d'appréhension que nous lui emboîtons le pas. Va-t-il découvrir le pot aux roses ? Se peut-il qu'il nous ait aperçus en train de manger les beignes ? Comment aurait-il pu, dans cette poudrerie ?

Autant de questions sans réponses me viennent à l'esprit, me laissant entrevoir une raclée bien méritée lorsque nous reviendrons à la maison si notre mère a vent de notre « bonne » action.

Le boulanger ouvre la porte que j'avais pris la peine de refermer. Il tend le bras, tâtonne un peu, se penche et examine l'intérieur de la voiture. Il fronce soudain les sourcils et semble chercher quelque chose. Aurait-il remarqué les deux sacs manquants ?

Après quelques instants qui me parais-
sent une éternité, je le vois enfin qui retire
un sac gonflé de beignes. Il referme la porte
et nous le tend d'un air satisfait.

— Tenez, les gars! dit-il, content. Pour
vous prouver ma reconnaissance.

Gêné, je lorgne vers mon frère qui a
baissé la tête. Je vois ses épaules secouées
par un fou rire incontrôlable. Je me retiens
à grand-peine pour ne pas pouffer de rire,
moi aussi.

— Mer… merci, monsieur Boudreault,
parviens-je enfin à articuler. Merci beaucoup.

— Bah! Ce n'est rien! laisse tomber le
boulanger en refermant la porte. Dites bon-
jour à votre mère de ma part!

— Ou… oui. Bien entendu!

Ce jour-là, en revenant de chez la vieille
madame Leblanc, le ventre rempli à en faire
mal de trois douzaines de beignes au sirop et
la gorge endolorie par tant de fous rires déli-
rants, j'en ai conclu que, des mauvais coups
comme celui-là, j'en referais tous les jours.

1914

de
Stéphanie Paquin

Diplômée en psychologie à l'UQÀM, Stéphanie Paquin est une romancière de science-fiction. Née à Montréal d'une famille originaire du Bas-Saint-Laurent, elle décide, après son mariage, de s'installer définitivement à Rimouski, pour retrouver ses racines et la nature qui est sa source d'inspiration.

Douée d'une grande imagination, Stéphanie aime transformer la réalité pour faire naître des mondes fantastiques et invraisemblables.

«L'histoire que je vous raconte ici, nous dit-elle, se passe près de chez moi, dans les eaux glacées du fleuve Saint-Laurent. Dans cette nouvelle, certains faits sont réels, d'autres ne le sont pas, mais pas du tout! Bonne lecture!»

Après six longues heures de voyage, coincée entre les bagages sur le siège arrière de l'auto, Karina aurait préféré se dégourdir les jambes et courir sur le bord de la grève plutôt que visiter un musée. D'un pas traînant, elle suivait ses parents à travers la foule des visiteurs. La tête renversée en arrière, elle regardait le dôme rouge vif du phare de Pointe-au-Père qui s'élevait dans le ciel, juste à côté du musée. Fascinée par cette haute tour blanche qui dominait le rivage, elle aurait aimé s'enfuir et grimper jusqu'au sommet. Quelle vue magnifique elle aurait de là-haut ! L'air renfrogné, Karina se retourna vers le musée et lut à haute voix l'écriteau de l'entrée :

— *Musée de la Mer, bienvenue.* C'est un musée sur les poissons ? demanda-t-elle à ses parents sur un ton ennuyé.

C'était sa première sortie des vacances et Karina désirait surtout se distraire. La perspective d'un long discours sur la vie des poissons lui rappelait trop l'école.

— Non, répondit patiemment sa mère, c'est un musée sur l'histoire maritime du Bas-Saint-Laurent. On y raconte le naufrage d'un paquebot qui a coulé près d'ici.

— Est-ce que c'était le *Titanic*?

— Non, il s'appelait l'*Empress of Ireland*.

— Je ne connais pas cette histoire, dit Karina.

— Voilà pourquoi nous allons visiter ce musée, répliqua son père, un jeune maître d'école.

— Je ne peux pas aller me promener au bord de l'eau? implora Karina, rebutée par la file de visiteurs à l'entrée.

— Après la visite. Viens, insista sa mère.

La jeune fille fit la moue et, après quelques moments d'attente, franchit avec ses parents le guichet du petit musée. À l'intérieur, un guide leur proposa une visite commentée de l'exposition. Ses parents acceptèrent avec joie. Ils se joignirent à un groupe de touristes qui commençaient à s'assembler autour du guide.

Malgré son manque d'enthousiasme, Karina ne put s'empêcher de s'intéresser à l'histoire racontée par le guide. Celui-ci décrivit passionnément le tragique naufrage de l'*Empress of Ireland*, immense et luxueux paquebot qui devait traverser l'océan pour emmener vers l'Europe quelques passagers fortunés et une foule d'autres qui l'étaient beaucoup moins.

«C'est par une journée froide du mois de mai que le paquebot quitta le port de Québec à destination de l'Europe. C'était en 1914, juste avant la guerre. Après quelques heures de navigation sans histoire, le navire fit un arrêt à la station de Pointe-au-Père pour débarquer son pilote avant de prendre le chemin de l'Atlantique. Mais un épais brouillard se leva brusquement dans la nuit. Sur le fleuve, on n'y voyait pratiquement rien. Les membres de l'équipage de l'*Empress* ne virent pas qu'un charbonnier norvégien, remontant le fleuve vers Mont-réal, se dirigeait droit sur eux. Avant que l'homme de barre du paquebot n'ait le temps de réagir, le charbonnier enfonça sa proue dans les flancs de l'*Empress*. En se retirant, le transporteur de charbon laissa un trou immense dans la coque de l'*Empress*. Gravement touché, le pauvre navire coula en quatorze minutes. Peu de passagers survécurent à cette tragédie.»

Ne perdant aucun mot du guide, Karina revivait la tragédie dans sa tête. Elle trouvait cette histoire bien triste. Aussi, lorsque le guide indiqua que se trouvaient, au deuxième étage du musée, des objets recueillis sur l'épave, elle quitta ses parents en douce et s'élança dans l'escalier. Seule au milieu des précieux objets qui avaient séjourné long-temps dans l'eau salée du fleuve, Karina put satisfaire sa curiosité.

Agacée par le cordon en velours rouge qui la séparait des artefacts, Karina se glissa en dessous, même si elle savait que c'était interdit. Elle put toucher librement la cloche de brume en bronze qui scintillait sous les projecteurs comme la surface de l'eau du fleuve sous le clair de lune. Karina la trouvait très belle. Ensuite, elle promena ses mains sur le transmetteur d'ordres. Elle s'imagina qu'elle était devenue capitaine et fit sem-blant de donner des ordres. Pendant qu'elle s'amusait ainsi, ses mains espiègles tom-bèrent sur un petit bout de papier moisi, coincé dans les rouages du transmetteur d'ordres. Elle le délogea habilement. Sur ce papier était inscrit, en lettres à demi effacées par l'humidité :

*Bienvenue à bord de l'*Empress of Ireland. *Traversée Québec-Liverpool. Compagnie de chemin de fer Canadien Pacifique. Passage de première classe. 1914. Welcome aboard the* Empress of Ireland. *Québec-Liverpool crossing. CPR. First Class Travel. 1914.*

«On dirait un vieux billet de passage», pensa-t-elle.

Lorsqu'elle entendit l'appel de son nom résonner dans le musée, Karina cacha hâtivement sa trouvaille dans sa poche, puis elle repassa sous le cordon. «Si on me voit ici, je vais recevoir un interminable sermon.»

Son père, qui était à sa recherche, fut soulagé de la retrouver si rapidement.

— Karina, tu aurais pu nous dire que tu partais en cavale dans le musée.

— Désolée, vous aviez l'air si absorbés par l'histoire du naufrage…

— Tu n'as pas fait de bêtises, au moins? demanda-t-il sur un ton soupçonneux.

— Pas du tout, papa chéri, répondit-elle d'un air faussement innocent.

— Quand tu m'appelles ainsi, c'est que tu as fait quelque chose.

— Tu as vu ces beaux objets? fit Karina pour détourner son attention. Ils proviennent tous de l'épave.

— Oui, ils sont très intéressants, mais on les regardera plus tard. Pour le moment, nous allons sur les lieux du naufrage. Il y a un bateau qui part à l'instant, ça te tente?

Le père de Karina n'avait pas terminé sa phrase que celle-ci dévalait déjà l'escalier à toute vitesse. Une fois à l'extérieur, elle se retourna pour crier à son père :

— Dépêche-toi, on va rater le bateau !

Karina et ses parents, accompagnés d'un guide et de plusieurs autres touristes, s'embarquèrent dans un grand zodiac amarré au quai, près du musée. Le petit bateau glissa tranquillement sur l'eau du fleuve Saint-Laurent et se dirigea vers le lieu du naufrage, à quelques kilomètres de là. Pendant le trajet, Karina ressortit le vieux billet qu'elle avait déniché au musée. Elle l'examina attentivement, caressant le papier froissé du bout de ses doigts. Soudainement, une forte rafale de vent lui arracha des mains sa précieuse trouvaille. Le billet virevolta un moment dans les airs, puis il redescendit lentement sur l'eau. Au moment où il se posait sur une vague, comme par un effet de magie, un épais brouillard sombre et compact s'avança rapidement en direction de l'embarcation. Bientôt, on n'y vit plus rien. Stupéfait par un changement si brusque de la mer, le guide consulta fébrilement sa boussole afin de vérifier sa position. L'aiguille, affolée, tournoyait dans tous les sens. De plus, à la surprise de tous, le moteur du bateau s'arrêta dans un hoquet brusque. Le guide essaya par tous les moyens de le faire redémarrer, mais rien n'y fit. Aucun son rassurant ne provenait de l'engin. Gardant son sang-froid, il empoigna sa radio et demanda de l'aide. Celle-ci répondit par un faible grésillement. Le guide devenait de plus en plus pâle. Les touristes étaient tout aussi inquiets.

Karina se demanda si elle n'avait pas fait une gaffe en échappant le billet de passage à l'eau. Peut-être était-il la cause de ce qui leur arrivait.

— Je n'y comprends rien, vociféra le guide.

De nouveau il essaya d'envoyer par radio un signal de détresse à la garde côtière. Toujours pas de réponse.

— La radio est hors d'usage. Elle fonctionnait très bien avant notre départ, assura-t-il, perplexe.

— Que faisons-nous à présent ? demanda d'une voix tremblante un touriste en état de panique.

En guise de réponse, le son lointain d'une sirène provenant d'un bateau inconnu retentit dans l'épais brouillard.

— Nous sommes sauvés, dit la mère de Karina avec soulagement, un navire se dirige vers nous.

— Il faut lui signaler notre présence, dit le père de Karina avec empressement.

— À entendre le bruit des moteurs, ça semble être un gros bateau, ajouta le guide. Il devrait nous voir sur son radar.

Le guide tendit attentivement l'oreille dans la direction d'où venait le bruit. Pendant un bref instant, il sonda les échos du navire qui s'approchait afin de connaître sa trajectoire. Glacé de terreur, il se tourna vers les touristes.

— Il se dirige droit sur nous !

— Bon sang, faites quelque chose ! cria quelqu'un.

Voyant que le guide ne bougeait pas, Karina courut vers l'avant du zodiac et grimpa sur le bord. Elle emplit d'air ses poumons et hurla le plus fort qu'elle put. Elle hurla si fort que les verres des lunettes d'un touriste assis près d'elle volèrent en éclats. Tout en grimaçant, les autres passagers se bouchèrent les oreilles. Les parents de Karina ne se doutaient pas que leur fille avait une voix aussi puissante.

— Si nous survivons, elle deviendra chanteuse d'opéra, dit sa mère, les deux doigts dans les oreilles.

— Arrête de t'égosiller ! ordonna l'homme qui venait de perdre ses lunettes. C'est inutile !

— Non ! dit le guide en entendant la sirène du navire. Continue !

Karina répéta son long cri, strident et aigu, jusqu'à ce qu'elle fût à bout de souffle. La sirène du navire répondit au hurlement de Karina. Le guide écouta attentivement pour décoder le signal de réponse.

— Il nous a entendus ! Il va dévier de sa trajectoire !

Tous explosèrent de joie, sauf le guide.

— Le problème, c'est de savoir s'il va pouvoir nous éviter, avoua-t-il. Un gros bateau ne change pas de direction comme une voiture, ça prend du temps.

— Croyez-vous qu'il va réussir ? demanda la mère de Karina, inquiète.

— Nous ne tarderons pas à le savoir, répondit-il, très nerveux.

Dans l'attente d'une catastrophe imminente, les touristes gardèrent le silence. Ils avaient tous les yeux rivés sur le brouillard. Après un moment qui leur parut infiniment long, la proue du mystérieux navire perça l'épaisse brume. Terrorisés, les passagers se cramponnèrent au zodiac.

— Attention ! hurla le père de Karina en saisissant sa fille dans ses bras.

Le mystérieux navire frôla dangereusement le zodiac. Secoué par les remous du sillage, l'embarcation faillit chavirer. Karina s'agrippa à son père pour ne pas tomber à l'eau. Brassant l'eau sous leurs pieds, les gigantesques hélices passèrent à un cheveu de percer la petite embarcation.

Plusieurs personnes poussèrent des cris de frayeur à la vue de ces lames si près de trancher leur fragile embarcation. Heureusement, la sombre coque s'éloigna du zodiac, laissant derrière son passage de courtes vagues qui s'agitaient dans la mer froide.

Le danger passé, Karina tenta d'apercevoir le pont du navire. Penchées sur le bastingage, une dame et sa fille les observaient, immobiles comme des statues. Elles étaient vêtues de longues robes bleues et portaient de larges chapeaux à l'ancienne.

«Comme c'est étrange, se dit Karina. Elles sont habillées comme les dames sur les vieilles photos du musée!»

Avant qu'elle ne puisse observer davantage la tenue vestimentaire des passagères, le paquebot disparut dans le brouillard. Soulagés et soudainement très éprouvés par leur aventure, les touristes du zodiac demeuraient muets.

— Comment s'appelait ce bateau? Est-ce que quelqu'un a réussi à voir son nom? demanda le guide.

— J'ai cru lire *Empress,* inscrit en grosses lettres à la proue, dit la mère de Karina.

— *Empress* de quoi?

— Je n'en sais rien, je n'ai pas eu le temps de voir le nom au complet. C'était très haut et très au-dessus de nous.

— Peu importe le nom de ce navire, répliqua un voyageur agacé, il faudrait songer à trouver un moyen pour retrouver le plancher des vaches.

Comme par magie, les moteurs du zodiac grondèrent bruyamment, se mettant en marche aussi subitement qu'ils s'étaient arrêtés.

— On dirait que les moteurs vous ont entendus, dit le guide avec euphorie. Dommage que la boussole soit toujours affolée ! ajouta-t-il en en regardant l'aiguille qui tournoyait encore dans tous les sens. Il faudra que je me fie à mon radar interne pour rentrer.

Sans apercevoir le moindre signe de la rive et malgré un long moment de navigation à l'aveuglette, le zodiac était toujours perdu dans l'épais brouillard. Les passagers n'entendaient aucun oiseau, aucun bateau, ni même le criard à brume situé près du quai, qu'ils auraient pourtant dû percevoir.

Épuisée par ce périple, Karina s'appuya contre la paroi gonflable du zodiac et finit par s'assoupir, bercée par les vagues et le doux ronronnement du moteur. Plus tard, elle fut réveillée par sa mère qui la secoua doucement.

— Debout! Il est temps de débarquer!

Quand Karina ouvrit les yeux, le brouillard avait disparu et, dans le ciel, scintillait le soleil du mois de juillet. Elle s'étira et sauta sur le quai avec un grand plaisir. Sa mère ne tarda pas à la rejoindre.

— Attends-nous ici, dit sa mère. Nous allons chercher l'auto.

Karina s'assit sur le bord du quai, les pieds pendant au-dessus de l'eau. Elle écoutait les touristes qui les accompagnaient et qui discutaient entre eux tout en se dirigeant vers le restaurant du musée.

— C'est quand même une chance, fit une grosse dame qui parlait fort à son mari. Imagine! Une tragédie pareille, évitée de justesse!

— Oui, répondit son mari, l'*Empress of Ireland* sauvé par les cris d'une petite fille à bord d'une embarcation inconnue. Quelle étrange histoire!

— Bien sûr! Si le capitaine de l'*Empress of Ireland* n'avait pas entendu ces cris, il n'aurait pu éviter la collision avec le charbonnier norvégien.

La bouche grande ouverte, Karina n'en croyait pas ses oreilles. Elle se pinça pour

voir si elle ne dormait pas encore. En sautillant, elle se mit à marcher nerveusement de
long en large du quai en se disant que ce
n'était pas possible.

Sa mère revint alors la chercher pour
rentrer à l'hôtel. Karina la regarda, très
confuse.

— Maman, demanda-t-elle afin de se
rassurer, est-ce bien le lieu du naufrage de
l'*Empress of Ireland* que nous avons vu?

— Mais voyons, ma chérie, l'*Empress
of Ireland* n'a jamais coulé !

LES «FOUFOUNES» BLANCHES

de
Louise-Michelle Sauriol

J'ai la chance d'avoir encore une maman. Une maman pétillante qui adore raconter les épisodes mouvementés de sa jeunesse : jeux périlleux autour de chantiers de construction, balades sur un cheval à moitié dompté dans l'Ouest canadien, incidents de sa vie de couventine. Ayant été pensionnaire durant plusieurs années, elle conserve beaucoup d'affection pour les religieuses du couvent qui l'ont accueillie. Cependant, elle n'était pas une petite fille sage. Des fous rires, elle en a déclenché sur son passage. Je prête ici ma plume à un délicieux récit de «foufounes» qui a fait la joie de ses petits-enfants.

Ce jour-là fut la honte de ma vie de couventine. Je m'en souviens comme si c'était hier. Moi, Marie-Reine Fournier, coupable de sottise indécente. Scandaleux! On rapporta le méfait jusque dans les annales du couvent. Pourtant, ce n'était presque pas ma faute! Et je n'étais point sotte. Seulement, j'aimais faire rire les autres...

J'étais pensionnaire. Je connaissais toutes les religieuses et tous les couloirs du couvent Sainte-Cécile. Sauf les sections interdites, réservées à la communauté. Mais chut! je savais parfois me faufiler, même de ce côté! Plus précisément vers les cuisines. La cuisinière, mère Sainte-Marguerite, me gâtait. Elle me donnait en cachette des biscuits à la confiture. Après mon mauvais coup, en plus de l'honneur, je faillis perdre tous mes privilèges secrets.

○

Il faisait grand vent. Un vent de printemps chargé d'odeurs de lilas. Le soleil glissait des rayons timides au travers des cumulus en dérive. C'était la récréation des élèves du cours moyen, «les moyennes», comme on disait. Mes compagnes de classe et moi jouions au ballon. J'avais onze ans et de l'énergie à revendre. Je tapais, sautais, avançais, reculais, criant des mots d'encouragement à la ronde. Bref, j'étais une tornade en mouvement. Ma jupe noire de couventine volait au vent, celle de mes compagnes aussi, découvrant nos longs bas foncés et, parfois, le contour d'une jarretelle.

Qu'importe! Nous étions bien encadrées et à l'abri des regards indiscrets. Un peu plus loin, la surveillante, mère Sainte-Ernestine, arpentait la cour et veillait sur nous.

Alors survint l'événement. Poussé d'une main maladroite, soulevé par le vent audacieux, le ballon partit d'un élan fulgurant et atterrit là où il ne devait pas : sur le terrain privé de la communauté!

Ce lieu presque saint s'appelait le préau. Les religieuses s'y promenaient en récitant des prières. Il était séparé de notre cour de récréation par une clôture en bois. J'arrivai la première contre la clôture et hop! je grimpai par-dessus, comme mon frère Willie me l'avait enseigné. À la maison, je suivais mes quatre frères dans tous leurs jeux ; les obstacles ne m'effrayaient pas. D'un pied intrépide, je sautai sur la pelouse, du côté interdit !

Un coup d'œil discret vers la mère sur-veillante me rassura. Elle parlait à un groupe de jeunes filles, près des courts de tennis, et paraissait très absorbée. Aucun danger pour moi. Je ramassai le ballon, et, lorsque je levai les yeux, je m'arrêtai net, pétrifiée. Jamais je n'avais vu un tel spectacle au couvent.

Imaginez ! Sur la corde à linge des reli-gieuses, tendue entre le balcon du premier étage et un poteau, séchaient des caleçons blancs. Non pas les élégants collants que les filles portent de nos jours. Pas du tout. Des caleçons à mi-jambe aux ouvertures évasées, en « tuyau de poêle », comme on disait alors ! Des culottes toutes saisons. La religieuse blanchisseuse devait avoir oublié sa dernière lessive sur la corde à linge !

Les sous-vêtements se balançaient dans le vent comme autant de drapeaux narquois. « Ainsi donc, me dis-je, ébahie, les reli-gieuses portent des culottes ! » Jusqu'à ce jour, je les voyais comme des êtres semi-célestes, classés juste sous les anges dans l'échelle divine. Des êtres qui n'allaient certainement pas aux cabinets. Et qui devaient porter autre chose sous leur robe que des sous-vêtements ordinaires. Peut-être une sorte de tunique lumineuse. Mais vraiment pas des caleçons en tuyau de poêle!

Mes yeux allaient d'un sous-vêtement à l'autre. Soudain, j'en découvris un, de format nettement plus large, à peine tendu entre ses deux pinces à linge, avec une ouverture béante en plein milieu. Une idée me traversa l'esprit à la vitesse du vent. D'un geste brusque, je lançai le ballon... qui retomba directement dans le caleçon évasé!

Ainsi meublé, celui-ci prit la forme d'un énorme derrière. Un derrière blanc qui se mit à virevolter sur la corde à linge des religieuses! De vraies «foufounes» blanches en train de danser. Quel tableau! Je n'avais pas prévu offrir un tel divertissement à mes amies.

J'entendis des rires en cascade derrière moi. Mes compagnes étaient massées le long de la clôture. Le mot «foufoune» circulait d'une bouche à l'autre. «Foufoune», c'était aussi le surnom attribué à mère Sainte-Cunégonde, la religieuse qui enseignait les mathématiques. Une personne joviale dont les joues s'arrondissaient de chaque côté de sa cornette. D'où le surnom que les élèves lui avaient donné. Serait-ce sa propre culotte ? L'interrogation était sur toutes les lèvres.

La crainte commençait aussi à se frayer un chemin parmi les élèves. S'il fallait que la mère surveillante arrive ! Croulant de rire et terrorisées en même temps, mes compagnes me faisaient signe de revenir. Je regagnai la clôture à toutes jambes, les mèches frisées de mes cheveux noirs en bataille. Comme j'atterrissais sur le sol, un silence de mort se fit autour de moi.

Je levai la tête et sentis mes jambes fléchir. Alertée par le mouvement insolite, la surveillante marchait vers nous d'un pied ferme. Dans un tourbillon de jupons noirs, mère Sainte-Ernestine fendait les groupes d'élèves. Toute menue, elle avait d'ordinaire le sourire facile. Cette fois, sa figure se contractait de plus en plus. Je compris que j'étais plongée dans un pétrin énorme.

— Mademoiselle Marie-Reine, que signifie cette audace ? demanda-t-elle sévèrement. Vous savez qu'il est interdit d'escalader les clôtures et, surtout, CETTE CLÔTURE !

— C'est la... la faute du... du vent, Mère. Il a emporté le ballon !

Le regard de la religieuse se dirigea de l'autre côté de la clôture et... sur la corde à linge! Mes joues devinrent rouge feu alors que mère Sainte-Ernestine pâlissait et que ses yeux menaçaient de sortir de leur orbite.

— Vous êtes totalement dévergondée, mademoiselle! Vous comparaîtrez devant la maîtresse de discipline!

— Je...

— TAISEZ-VOUS ET PRENEZ VOS RANGS! lança-t-elle d'une voix stridente.

Pendant que nous nous alignions les unes derrière les autres, un bruit de poulie rouillée se fit entendre : la religieuse blanchisseuse rentrait sa cordée de linge en catastrophe. D'autres sœurs devaient avoir découvert les sous-vêtements et alerté la responsable de la lessive.

Mes compagnes penchaient la tête, n'osant se retourner. Des gloussements s'échappaient des rangs. Les ébats du caleçon se poursuivaient dans les esprits. Sur la corde tendue de l'imaginaire valsaient, tourbillonnaient sans arrêt les foufounes fantômes! Une distraction délicieuse et fort impudente pour des couventines bien élevées.

Moi, je n'avais plus envie de rigoler. Nous étions un vendredi. Mes parents seraient bientôt avisés, et, dimanche, je serais privée de visite. Les jours de «parloir» nous permettaient de rencontrer nos parents et, surtout, de recevoir quelques douceurs : des oranges ou des bonbons. J'attendais ce moment béni avec impatience. Le dimanche suivant, j'aurais les mains vides. Envolées les surprises, et gare aux mauvaises notes dans mon bulletin.

Ah ! ces mauvaises notes que j'accumulais sans faire exprès ! Elles s'additionnaient et, cette année-là, j'étais encore menacée de perdre mon ruban d'honneur. Ce ruban consacrait la bonne conduite des pensionnaires. Les élues le portaient fièrement en travers de leur uniforme pour les cérémonies. Il était rose pour les petites, vert pour les moyennes, ou bleu pâle pour les grandes. Pour nous, c'était aussi important qu'une décoration papale. Les zouaves n'en recevaient pas de plus prestigieuses ! Et voilà que je devrais encore dire adieu à mon superbe ruban d'honneur vert.

De la cour d'école au bureau de la maîtresse de discipline, je ne vis rien du tout, ni les couloirs ni les regards mi-figue, miraisin des religieuses. J'étais entièrement absorbée par mes pensées sombres. Je sursautai lorsque je me trouvai devant la longue et mince mère Saint-Basile.

Jamais la maîtresse de discipline ne m'avait paru aussi imposante. Elle se penchait au-dessus de moi comme un juge descendu du ciel. Ses épais sourcils noirs se fronçaient d'indignation. Ses mains blanches étaient tendues en avant comme pour chasser les démons. Allait-elle m'expulser du couvent? Mes deux sœurs toutes sages le seraient-elles aussi? Quel déshonneur pour la famille! Et tout cela à cause d'une cordée de caleçons en tuyau de poêle…

— Mademoiselle Marie-Reine, vous rendez-vous compte du scandale?

— Je regrette, Mère. Le vent…

— Le vent n'a rien à voir avec votre comportement.

— Mais…

— Orgueilleuse!

Mère Saint-Basile se mit à marcher de long en large dans la pièce. Quand elle s'arrêta, je crus que mon cœur allait cesser de battre. D'une main rude, elle repoussa les boucles qui s'obstinaient à retomber sur mon front et, martelant ses mots, elle me dit:

— Vous êtes coupable de la pire sottise jamais commise dans ce couvent. Une sottise… INDÉCENTE, mademoiselle! Vous aurez une punition exemplaire…

Je tremblais de tous mes membres, n'osant plus ouvrir la bouche. La maîtresse de discipline poursuivit lentement ses remontrances :

— ... une punition qui vous incitera à réfléchir avant de poser un acte. De plus, dimanche prochain, vous n'aurez pas droit au parloir, et le ruban d'honneur, ne l'espérez plus cette année.

Je m'attendais aux deux dernières sentences, mais je n'avais aucune idée de l'autre punition annoncée par mère Saint-Basile. Je ne tardai pas à en faire la découverte. Croyez-moi, je dus parader devant chacune des classes avec une pancarte sur le dos où on pouvait lire : « Marie-Reine Fournier est l'élève la plus sotte et la plus dévergondée du couvent Sainte-Cécile. »

Jamais punition ne me blessa autant. J'étais fière de ma personne, et une telle humiliation me déchirait.

Heureusement, il y avait mère Sainte-Marguerite. Au fond des cuisines du couvent, j'eus d'abord droit à un regard malicieux et rien d'autre. L'image des foufounes blanches sur la corde à linge envahit la pièce enfarinée. Le derrière blanc se gonflait, prenait tout l'espace, m'étouffait. J'allais m'enfuir en pleurant quand, bien enroulés dans du papier ciré, deux biscuits à la confiture prirent la direction de ma poche. Ça non plus, je ne suis pas près de l'oublier !

Vous savez, cette histoire date du début du siècle dernier. J'aurai quatre-vingt-quatorze ans l'an prochain et j'aime encore faire rire les autres !

Table des matières

Collection Conquêtes